AF293542

La Visite de l'Être en Nous-Même

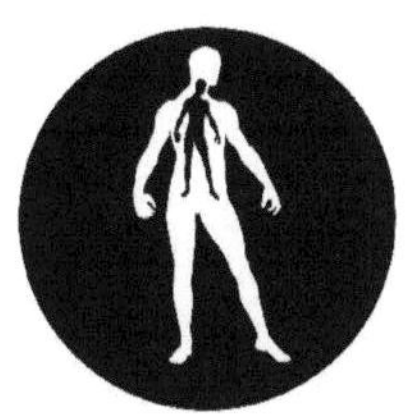

Du même auteur :

- Silence à Courgesse. *2012*. Isbn : 978-1-291-14593-9

- The Bird's convention, *2016*. Isbn : 978-1-326-83178-3

Michel René Boisseau

La Visite de l'Être en Nous-Même

Une enquête du Professeur Docteur Zoro Astrien Jr
Spécialiste en Kézako-Psycho appliquée

Conte romanesque de pure fiction suivi d'une réflexion sur l'Être

Illustrations originales hors-texte en couleur de

Hanson Suhendra

Illustration de couverture et cul-de-lampes d'Yva-Nina Boisseau--Axmann

BoD
2020

A Jean-Luc Boisseau, Librairie des Colporteurs, mon éditeur,
à Loup, ma relectrice,
à Yva-Nina, qui a participé aux illustrations
& à Laure-Lyn, consœur écrivaine.

Introduction par le Professeur Docteur Zoro Astrien Jr

Rien n'aurait été possible sans les travaux russes des années 70 concernant la miniaturisation des corps vivants et des objets, bien rapportée par Isaac Asimov, auquel nous devons tous rendre un vibrant hommage en citant son œuvre de référence : Destination Cerveau (*Presse de la Cité, 1988*).

Cette technique sublime fut bientôt interdite par les Nations unies, sauf… cas particuliers strictement scientifiques. Et puis interdite à nouveau. Bref il y a eu, à un moment donné, une petite faille dans laquelle j'ai été projeté contre mon gré, comme le scientifique américain Albert Jonas Morrison cité dans le livre. Cette aventure … mais a-t-elle été une aventure ? Plutôt une recherche, tout simplement, qui a conduit à un concept nouveau neurobiologique qui marque le vingt-et-unième siècle indéniablement : l'Être existe et je l'ai rencontré. Oui mais l'Être est méfiant voire hargneux et il n'aime guère qu'on l'ennuie, qu'on le houspille ; il a déjà tellement de boulot à faire pour naviguer entre le bas cerveau, les régions bulbaires qui le poussent à faire n'importe quoi dans le sens de la reproduction (le bas cerveau ne pense qu'à ça !) et le haut cerveau, my God, ce qu'il est développé ! Ce haut cerveau passe son temps à inventer des élucubrations et à repousser les pulsions maladroitement. Mais cette introduction semble bien pessimiste, alors que l'enquête a été exaltante. Voyons les faits, en bon scientifique.

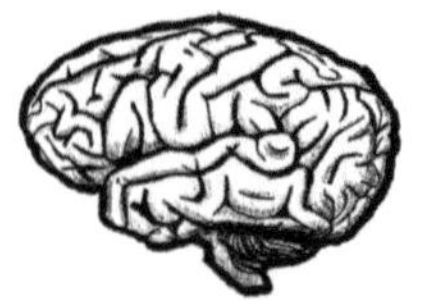

Chapitre 1

Le travail que je présente ici a débouché sur plusieurs voies de réflexion neurophysiologique et philosophique et en particulier pour ce qui est de l'herméneutique et de l'eschatologie, mais surtout avec un résultat fascinant : c'est d'avoir enfin pu interviewer l'Être, cet individu dont on parle si souvent, mais qu'on ne voit jamais, comme la classique Arlésienne. Enfin le résultat est atteint et plutôt que de se poser mille questions sur l'Être, n'est -il pas plus simple de lui parler directement ?

Mais avant de décrire cette aventure, d'ailleurs non originale sur le plan technique comme précisé dans l'introduction, je me dois de me présenter. Célibataire, j'ai 35 ans depuis le début de cette année 2012 et je vis près de Clopinofgrad, une ville universitaire de Daffy-Eden, petite nation insulaire indépendante située au large de l'Estonie dans la mer Baltique et dont le langage, de manière surprenante, est le français. Je suis né dans une famille modeste - mon père était navigateur et avait disparu en mer, plutôt sur la mer, avec une nouvelle femme - je me suis totalement consacré à mes études supérieures et à la musique baroque, goût très prononcé que m'a inculqué ma mère violoniste. Je suis devenu un bon joueur de viole de gambe, plus précisément de la « violone », la grande basse de viole de gambe en sol. Je ne sais pas si ce sont les grincements de cet instrument ancien, ou autre chose, mais à deux reprises mes compagnes ont craqué ! Et je me retrouve seul, dans une petite maison sur la côte, réaménagée après le décès de ma pauvre maman. Le jardinet qui fait face à l'océan est trop exposé aux embruns salins et il n'y pousse guère que des herbes folles, mais ça me convient.

Je suis professeur de médecine et praticien à l'Hôpital universitaire sous les ordres, et c'est là que je veux en venir tout de suite, du grand professeur, de renommée internationale, le valeureux Abraham Gershôn Aram de Çoba, dit Maître Aram, illustre psychiatre, élève de Freud, qu'il a bien connu, et de Jung par correspondances.*

C'est un esprit cultivé, mais aussi vif et même vindicatif, puisqu'il s'est battu à coups de poing avec

---

* : Il n'y a plus d'âge limite de retraite à Daffy-Eden et mon maître a eu 100 ans cette année

Heidegger dont il ne partageait pas les idées et, surtout, qui s'était moqué de lui lors d'une présentation par mon maître de dossiers passionnants sur les dérives névrotiques des sirènes de la Mer du Nord s'échouant de temps à autre sur notre ile. La notion de queue des sirènes les avait partagés ; pour Heidegger c'était un symbole phallique révélant la frustration de ces dames de la mer, mais mon maître Aram, lui, voyait là plutôt un désir de retour aux origines, avec une influence notoire du poète Valéry : « *la mer, la mer, toujours recommencée...* ». C'est donc lui, mon patron, « *mon garde barrière* », comme dirait Prévert, un de mes poètes préférés, qui m'a poussé à mettre sur pied une forme nouvelle de psychanalyse appliquée. Je me suis inspiré de la machine qui détecte la personnalité, le test QPM (*quantic potential measurement*), basé sur l'activité bioélectrique de l'organisme. Ma méthode, tout aussi technique, la Kézako-psycho, est la suivante : le patient, après avoir signé son chèque d'honoraire, s'allonge bien classiquement sur le divan freudien du labo (que Freud a vendu par correspondance un prix fou à mon patron au moment de son départ à Londres) et écoute d'abord sans parler, ce qui constitue une différence considérable par rapport aux autres méthodes classiques ou traditionnelles de la psychanalyse. En fait mon patron, répétant souvent à quel point les patients sont ennuyeux au possible dans leurs développements verbeux, avait souhaité que l'on modifie les techniques à ce propos. Il faut quand-même voir ici l'influence de Jean-Martin Charcot auprès duquel Gilgamesh Aram de Çoba, le père de mon maitre, lui-même neuropsychiatre des hôpitaux, a été en stage en 1885, en même temps que Sigmund Freud. Mais autant ce dernier reprochait à Charcot d'ignorer l'interrogatoire des patients (il ne savait pas que ça existait), autant le père de mon patron trouvait ça formidable, ce qui conduit mon Maître à dire souvent « *la vraie médecine sera vétérinaire, ou ne sera pas !* ». Il est vrai qu'il a toujours eu des chiens et des chats chez lui.

Bref une fois le silence établi, le psy, placé derrière le divan, dit « *coucou* » et le malade doit répondre « *coucou* » et uniquement cela et sans se retourner. Le psy, calmement et à voix douce, lui explique brièvement que c'est un retour à la nature printanière, lorsque les oiseaux vont et viennent pour faire leur nid ; mais, et c'est là le point important, ils sont néanmoins attentifs à la « *possibilité du coucou* », surgissant de l'inconscient, en l'occurrence pour les oiseaux de leur inconscient collectif, ce coucou annonciateur de conflit, dont l'un crucial, celui de la nidification. L'exercice continue ensuite par le fait que le patient émet des « *coucous* », non pas autant qu'il veut, ce serait trop long, mais à un rythme donné par le psy au moyen d'un métronome. La séance ne dépasse pas 15 minutes, ce qui est aussi avantageux financièrement pour les praticiens. Aux yeux de mon patron je suis celui de ses élèves qui a mis au point la technique qu'il avait conçue dans son esprit génial et manifestement il me tient en estime, d'autant que cette méthode est d'application internationale par le fait que le mot coucou (*cuckoo*) est le seul utilisé, ce qui permet de réaliser des séances avec des personnes parlant anglais*.

Mais avoir l'estime de son patron n'est pas sans danger ! En effet un matin, comme je travaillais au labo, tranquillement, sur un modèle à développer de robot-psycho susceptible de remplacer le psy, le temps, par exemple, qu'il aille aux vécés - soit un engin répétant « coucou » inlassablement - mon patron entra et m'interpella :

— Zoro, vous vous intéressez à l'Être ?

Là, il m'a un peu surpris, car effectivement l'Être était mon dada, sujet que je travaillais à part, croyais-je, des autres recherches imposées.

— Dada-sein ! Ha, Ha ! reprit mon patron, le Dasein, hein ?

J'étais un peu confus car le « Dasein », c'est Heidegger, son ennemi.

— Ne craignez rien ! ajouta aussitôt mon patron, je suis sérieux, on va s'occuper de l'Être, d'autant que grâce à vous on a du temps de libre avec votre

Kézako-psycho quasi automatique et dont les résultats sont formidables. Quand je pense à ce malade qui était en conflit terrifiant avec sa femme et qui maintenant lui fait coucou. Bref, venez dans mon bureau, j'ai à vous parler.

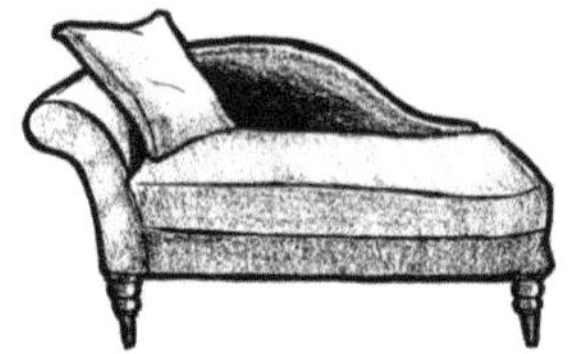

Chapitre 2

Le bureau de mon patron est situé du côté de l'Université qui donne sur la mer ; ce jour-là le temps était calme et ensoleillé et l'on pouvait voir le continent à bonne distance. Mon maître était de bonne humeur et donc créatif.

— Voilà ! reprit Maître Aram, je pense qu'il faut aller plus en avant pour ce qui est de l'Être qui est en nous, soit dans « Je ». Ce fameux « John », c'est comme cela que vous l'appelez ?

— Oui Monsieur, dis-je en riant, pour les étudiants spécialistes de l'Être, je ne parle donc pas des patrons, Kierkegaard, ou Freud ou Kant, on a coutume de dire « John » pour parler de « Je ». Bon c'est vrai qu'en anglais « John » c'est plutôt...

—Les chiottes ! Bon soyons clair, reprit mon patron subitement concentré, l'organisme dans lequel nous vivons est un tube…

—Une sorte de ver...

—Oui ! un ver, voilà ! Avec un trou pour les aliments énergétiques, à un bout quelconque pour les animaux aquatiques, en haut pour ceux qui sont plus ou moins debout ; et pour les deux un autre trou à l'extrémité opposée pour rejeter le produit de la digestion. Mais ! Et c'est là ce qui est important chez les animaux évolués, comme les mammifères, l'extrémité la plus noble s'est élargie, s'est dotée d'un système nerveux développé et en fin de compte nous offre un visage. Je sais que cela vous plait car vous êtes un lecteur assidu d'Emmanuel Levinas.

—Effectivement Monsieur, n'était-il pas Estonien ? Le visage qui reflète tout ce qu'il a dans John, de sensibilité, de désir de communication, etc. C'est donc la fenêtre…

—La fenêtre de l'âme. Ha, ha !

—Oui. Et donc le lieu de la transcendance : projection de l'Etant vers l'Autre, vers l'au-delà de l'Autre…

—Bon, Bon ! Mais tout cela, c'est des idées et on n'y est pas allé voir. Donc je vous propose, mon cher ami, d'y aller. Oui, oui, d'y aller, de rentrer dans John et de prendre contact avec l'Être intérieur. Au moins saurons-nous enfin à quoi nous en tenir !

— Mais Monsieur, c'est immatériel…

— Comment ça immatériel ? dit mon patron en levant les bras au ciel, nous ne sommes pas immatériels que je sache, mais faits d'atomes, de molécules, d'enzymes, d'ADN, que sais-je !

En disant cela il frappa la table les deux paumes des mains en avant, ce qui fit tomber une des statuettes d'art africain que Freud lui avait aussi vendues un prix fou en 1920, en prétendant qu'un dénommé Picasso y voyait l'avenir de l'art.

— Et puis surtout il y a ce RNS* qui est le siège de l'Être, sinon l'Être lui-même. Bref Zoro vous y allez, vous allez foncer.

— Mais, dis-je, interloqué, comment ferai-je ?

Maître Aram se radoucit et prit un air candide et souriant que je lui connaissais bien quand il avait une pilule amère à faire avaler à un de ses élèves :

— Sur le plan technique de votre séjour dans le cerveau de John pas de problème, vous allez voir les Neuro-PT : ils ont maitrisé récemment le protocole d'Asimov.

Mon sang se glaça et je devins pâle. Les neurologues de « Neurologie Plateforme Technique », les Neuro-Pétés comme nous les

---

* *Note de l'éditeur* : réseau de neurones synapsés

appelons, sont des individus particulièrement agressifs qui ne jouissent pas d'une bonne réputation. Partis de l'encéphalogramme et des scanners de grand-papa ils sont passés à des moyens infiniment plus éprouvants pour l'exploration du cerveau : implant de sondes miniaturisées, de petits robots, avec en parallèle des lobotomies comme celles frontales réalisées dans « La planète des singes », ce film culte de Franklin J. Shaffner avec Charlton Heston.

— Ils vont trouver un moyen, c'est sûr, reprit mon patron. Ah, il y a aussi le choix du John d'accueil ; je laisse cela à votre bon goût ; évitez un parent tout de même ! Choisissez plutôt un brave type et surtout pas un philosophe ! Hein ! Vous m'avez compris ? Pas de philo-glotte, de philo-polyphoniste, méfiez-vous : ils sont partout !

Je sortis de son bureau effondré. Mais comment refuser ? Certes à notre siècle il n'y a plus de surface terrestre à explorer et partir dans les astres n'est pas pour tout de suite ; aussi explorer l'intérieur de nous-mêmes est une aventure équivalente pour un jeune d'aujourd'hui. Devrais-je emporter un casque colonial, un filet à papillons et une boîte pour les échantillons ? Darwin était parti ainsi sur le Beagle. Je souriais à moi-même, tristement. Et si c'était comme ces anglais du dix-neuvième siècle, encombrants aux yeux de la reine Victoria, que l'on envoyait en Inde, sachant pertinemment qu'ils allaient y mourir d'une maladie tropicale ? Mon patron voulait-il se débarrasser de moi ?

Quoique plongé dans ces pensées amères, mes pas m'avaient mené devant le local technique situé dans les terres, à distance de l'Université et de la mer.

Chapitre 3

Les neuro PT travaillent dans un immeuble plat sur le devant et hérissé de tours en arrière, où se situent les labos. Ils sont à l'écart, dans les dunes, comme si inconsciemment les architectes s'étaient méfiés d'eux dès le départ. L'entrée est seyante avec des massifs de fleurs de part et d'autre, de jolies clôtures blanches inoffensives, que l'on peut enjamber pour aller s'asseoir dans l'herbe. Bref en entrant dans le hall on se croirait dans un hôtel de plaisance.

Ayant passé ma carte dans la borne d'accès, je m'étais adressé à l'accueil, où siégeait, c'est le cas de le dire, sur un siège démesuré vu sa petite taille, une jeune femme ébouriffée et qu'on prétendait complètement « PT » ! Le bruit courait qu'elle avait été soumise à l'implantation d'un robot trop humanisé et qui était tombé amoureux d'elle. Déçu il aurait cassé la baraque avant d'être annihilé au laser. C'était dans la Tour 1, 9ème étage que je devais aller. Je fus reçu dès mon entrée dans le labo, par le Pr Alexandre Guignolo-Chapirov, un des descendants, en effet, du russe Chapirov, inventeur de la miniaturisation, et dont il était devenu l'unique responsable à présent. On l'appelait Alex et on le considérait comme un épouvantail. « Si tu n'es pas sage je t'envoie chez Alex », aurait dit Germaine, la femme de ménage de mon labo, à son jeune fils. Bref j'étais de plus en plus accablé, c'était bien de cette technique diabolique qu'il s'agissait, et j'allais en être l'objet ! Mon patron était devenu fou assurément !

— Appelez-moi Alex, me dit Chapirov. Je vous attendais car l'idée de Maître Aram est géniale, non pas partir pour trouver l'horrible homme des neiges dans l'Oural, ou les Carpates, ou Dieu sait où ! Mais simplement en « en-soi » pour une rencontre avec l'Être. C'est noble, c'est exaltant, ne trouvez-vous pas ?

— « En-soi » dites-vous... Le John serait-il vous ?

— Non ! Ha ! Ha ! Ce serait indécent. Aram s'en charge, m'a-t-il dit ; mais par tous les Saints, prenez quelqu'un de bien, pas un alcoolique car ils ont l'hippocampe lésé ! Donc...

— Excusez-moi de vous couper, Monsieur, mais je croyais que la méthode de miniaturisation était proscrite ?

Chapirov leva les bras dans un geste d'agacement, comme si tout cela était évident pour tout le monde et avait déjà été expliqué mille fois. Il me fit asseoir dans un fauteuil après avoir enlevé les dossiers qui l'occupaient. Je notais le grand désordre de la pièce.

— Bon, j'ai un boulot fou comme vous le voyez. Reprenons calmement, dit-il en s'asseyant face à moi. En fait la technique a été comparée à la bombe atomique : miniaturiser des êtres humains pour les envoyer Dieu sait où je dirais, quoique je sois athée, est trop dangereux pour la paix mondiale. Et puis il y a plein de problèmes non résolus, en quelque sorte la Croix et la Bannière.

—Tout ça à partir de la fameuse constante de Planck : $E = h\nu$?

— Exact, et ce n'est pas du pain béni ! Certes, en approchant l'énergie et le moment cinétique des particules, les russes sont arrivés à mettre au point leur vaisseau pour pénétrer et descendre dans l'infiniment petit, belle découverte, mais leur vaisseau était bricolé. Il n'était pas au point et dangereux à beaucoup de points de vue : possibilité de déminiaturisation brutale, d'explosion, et aussi possibilité d'envoyer les gens dans le vide sidéral à la vitesse des particules. Bref, l'ONU a mis un véto et, heureusement, les quelques nations capables de monter un truc pareil ont suivi.

— Et puis il y a eu la fin de l'URSS et la chute du mur de Berlin...

— Exact, Chapirov a réalisé ses travaux en 1973 bien avant les années 90. Mais, à l'opposé, il y a eu des accords secrets entre les Etats sur la poursuite de recherches « encadrées » ... et c'est pour ça que vous pouvez entendre parler russe et anglais avec de forts accents américains dans nos labos. Ah ! Ah ! Bon, Dieu soit loué dirais-je, malgré ma conviction profonde que Dieu n'existe pas, car nous avons un accord en faveur de nos recherches personnelles et donc on va pouvoir, cher ami, vous transformer en un globule rouge.

Je me sentais à nouveau défaillir, mais Alex déroulait ses idées :

— En effet il n'est pas question de descendre bien loin, surtout pas au niveau des molécules. La taille des hématies vous conviendra pour vous déplacer au niveau du cerveau et aller à la rencontre de l'Être. Injecté dans la carotide gauche dans une capsule que je préfère appeler canot insubmersible ou canot tout court, vous aborderez dans une région que l'on va déterminer.

— Du côté des neurones miroirs ?

— Oui, par exemple. En fait il faut que vous alliez d'abord dans une citerne sanguine cérébrale et là ce sera comme dans un lac. Vous aborderez sur la rive et là vous parlerez à l'Être.

Je ne pus m'empêcher de pousser un long soupir d'accablement.

— Qu'avez-vous ? Allons, allons, vous êtes jeune et béni du Ciel d'avoir ainsi le pied à l'étrier pour cette aventure formidable !

— Oui mais, Alex, comment vais-je reconnaitre l'Être ? Il est peut-être immatériel, électrique ou électromagnétique, que sais-je !

Chapirov se mit à marcher de long en large :

— Mais pas du tout ! Comment pourrait-il être immatériel ? Le ciel m'en soit témoin, je vous le dis : nous sommes des molécules bien agencées et bien matérielles et puisque nous proclamons haut et fort que nous sommes physiques, ou encore de chair et de sang, avec des os durs ou encore les pieds sur terre, comment notre Être, qui est notre fondement, pourrait-il être immatériel ? Il est quelqu'un voilà tout !

Je me retrouvai bien désemparé en quittant les bâtiments des Neuro-PT, une demi-heure plus tard, et je décidai de marcher un peu. Le soir était tombé et le centre-ville, que j'avais regagné, était animé de groupes d'étudiants joyeux et bruyants, filles et garçons, parfois enlacés. Comment se faisait-il que je n'aie pas connu ça ? Pourquoi m'être consacré autant à mon travail, obnubilé par une volonté de réussir à tout prix des expériences, d'obtenir des promotions ? Résultat : une vie sentimentale loupée à deux reprises car, parait-il, j'étais insaisissable. Il ne me manquait plus que d'être un cobaye pour exploration infra-terrestre !

Mon téléphone portable sonna. C'était mon patron :

— Où en êtes-vous Zoro ? Je meurs d'impatience de connaître le résultat de votre entretien avec Chapirov.

— J'ai huit jours devant moi, monsieur, pour me préparer, testament y compris et pour me trouver un Je, enfin un John comme on dit.

— Ça effectivement je vous laisse faire car il faut qu'il existe une relation entre vous et lui, mais surtout pas d'ordre intime. Je vous conseille quelqu'un du même sexe, avec qui vous soyez en sympathie. Mais, voyez-vous, cherchez dans le simple, pas d'intellectuel trop développé, ce n'est pas la peine. Pourquoi ? Parce que, en bon lecteur de Locke et Hegel, nous croyons à la démocratie, à l'égalité des humains et donc à une faible différence entre les uns les autres ; ça, ce sont nos convictions. Il n'y a ni juif, ni grec, ni romain, vous voyez ce que je veux dire ? Bref les gens de l'élite, les « méritocrates » sont aussi cons que les autres et parfois plus parce qu'ils croient en ce qu'ils disent !

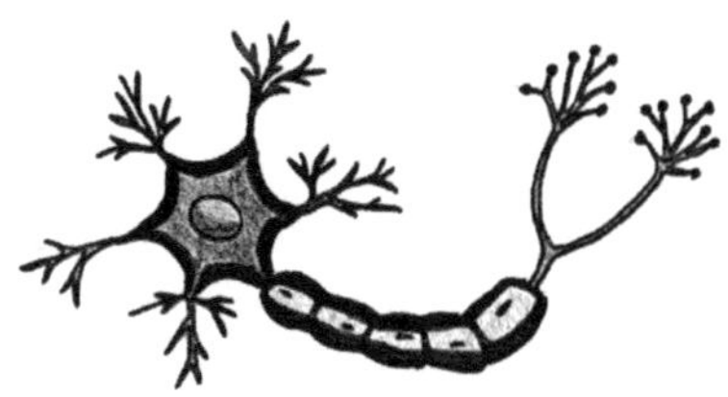

Chapitre 4

J'étais tellement enfoncé dans mes méditations que je ne me rendis pas compte que j'errais au hasard dans les rues. Le temps était maintenant passé au clair et je me retrouvai dans le port, Clopin-harbourg. J'adore les ports, leur agitation autour des barques de pêche de couleurs vives, dont les filets, mis à sécher en regard d'elles, témoignent de leur retour de mer récent et donc de la possibilité d'acheter des poissons bien frais. J'étais pris, sans le vouloir, dans une animation joyeuse, et le courage d'affronter ces épreuves me revint doucement. Sur le versant-terre du port étaient ouverts des cafés et des restaurants et les terrasses animées et plaisantes étaient bien occupées par une foule de gens rieurs et détendus. Un peuple rude mais heureux, me disais-je. J'aperçus ma dernière conquête féminine, Elisa Globish, qui m'avait finalement laissé tomber pour épouser un pasteur barbu. C'était mon entière faute car j'avais cru pouvoir la séduire en développant sans cesse mes réflexions sur le baroque d'avant Jean-Sébastien Bach, ce qui l'avait poussée dans les bras d'un autre, un admirateur d'Olivier Messiaen, attirée surtout par le quintette de la fin du monde. Il y avait désaccord, c'est le cas de le dire ! Elle me fit un geste amical derrière son assiette de fruits de mer en frétillant un instant sur sa chaise, ce qui lui valut un regard froid de son mari. C'est bien fait pour sa gueule me disais-je. Un pasteur ? Ah non, pas de prêtre ni de philosophe. Et c'est à ce moment-là que je vis Uldi Ozols. Un coup du destin en fait : alors que je pensais que j'aurais à peine assez de mes huit jours pour trouver un John, je fus convaincu d'emblée que c'était Uldi qu'il me fallait ! Monsieur Ozols est luthier, mon maitre luthier, un homme que j'admire beaucoup pour son savoir-faire, bien sûr, mais aussi pour son atelier enfoui dans son jardin, où j'aime rester des après-midis entiers à le voir œuvrer, dans l'odeur aromatique des bois travaillés.

Je lui courus après ; c'était un homme dans la cinquantaine, veuf, père d'une fille toujours en cours d'étude à Paris, ne venant que rarement. Un peu massif, il arborait un grand sourire dans un visage débonnaire. Vêtu d'un blouson bleu il marchait lentement le regard dirigé vers le sol.

— Uldi ! Criais-je, Uldi, j'ai besoin de vous !

Il me regarda, étonné et brusquement inquiet.

— La viole ? dit-il.

Je le rassurais rapidement.

— Non pas de crainte de ce côté-là ! Encore que je n'en joue pas beaucoup en ce moment, car j'ai des soucis.

Mon bon maitre me regarda tristement, il connaissait mes soucis liés à mes séparations féminines et je lui avais confié aussi ceux liés à mon travail, passionnant mais anxiogène.

— Bon je connais ça moi aussi, la solitude, les ennuis du boulot ; puis-je vous inviter chez moi ? Je n'ai rien de précis à faire maintenant, car j'ai fait mon jardinage, alors !

J'acceptais instantanément.

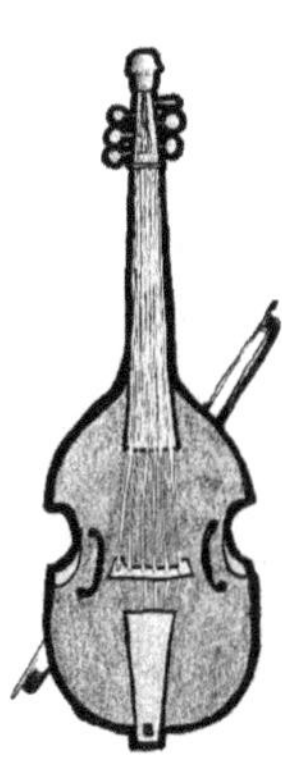

Chapitre 5

Nous sommes allés chercher sa voiture garée dans un parking en retrait du front de mer. En passant il voulut faire des emplettes culinaires malgré mes protestations. Nous serons bien au jardin avait-il dit. Nous prîmes ensuite une petite route sinueuse au -delà des dunes pour atteindre une rue en bord de mer, à nouveau, bordée de maisons basses et élégantes, encadrées de verdures, prolongées d'ateliers, de remises, avec, au-devant, l'espace pour la voiture et sur un côté la boite aux lettres. Bientôt je me retrouvais sur une chaise longue dans un petit jardin clos et fleuri. De là je ne voyais pas la mer, mais je l'entendais et je la humais. Uldi allait et venait de la cuisine à la remise et j'observais son visage souriant à travers les baies vitrées de son atelier. Bientôt il disposa un petit samovar sur une table basse entre nos deux chaises longues et plusieurs plats de terre cuite contenant un gâteau à la rhubarbe, des crêpes-confitures, et dans des tasses, du lait aux fraises. Ayant ébouillanté la théière avec l'eau bien chaude du samovar, il mit le thé à infuser.

— Voilà de quoi vous détendre et m'expliquer calmement ce que vous attendez de moi.

Brusquement je fus pris d'un malaise, je ressentis la sueur perler sur mon front : comment pouvais-je demander une chose pareille à un homme aussi gentil et honnête. Puis je me ressaisis et je détaillai lentement les évènements qui précédaient notre rencontre : mon patron me demandant de bien vouloir rentrer dans un humain après avoir été réduit à la dimension d'un globule rouge, afin de prendre contact avec l'Être qui habite dans le cerveau, à ce qu'on croit… Au bout d'un moment je vis Uldi se raidir et me fixer des yeux avec un air effrayé. Il pense que je suis devenu fou, me dis-je.

— Donc tout ceci est incroyable, ajoutais-je, et à vrai dire absurde mais ceux des Neuro PT pourront vous confirmer, enfin si vous acceptez, le tout point par point.

— Mais enfin, Zoro, cela n'a pas de sens ! Comment peut-on imaginer une chose pareille et puis cette réduction jusqu'à être minuscule tout en étant toujours soi… impensable !

Un silence s'établit entre nous puis Uldi se leva et se mit à servir le thé fumant. Je me décidai à déguster une crêpe confiture puis à boire un peu de ce thé si bien aromatisé. Uldi reprit en souriant :

— Si ce n'était vous, cher Zoro, je n'écouterais même pas ce que vous dites tellement cela semble délirant. Mais je mesure l'amitié que je vous porte. Bon, reprenons les choses au début Ce procédé, donc, on le trouve où ?

— Voilà, c'est décrit dans ce livre. Je lui tendis le livre d'Asimov que j'avais pris le soin d'apporter. C'est bien expliqué, de plus les Neuro-PT m'ont convaincu que tout était au point aujourd'hui et que nous ne risquons rien à réaliser cette extravagante expérience.

— Le danger reste cependant évident. Ne serait-ce pas, de votre part, un certain dégout de la vie, de votre vie, qui vous pousse à accepter ? C'est un peu suicidaire, ne trouvez-vous pas ?

Uldi avait retrouvé son calme en savourant sa grande chope de thé. Je restais un moment silencieux.

— Oui vous avez peut-être raison… la solitude.

Uldi éclata de rire :

— En entrant dans le dans-moi vous ne vous sentirez plus seul alors ! Bon reprenons point par point.

Jusqu'à la tombée de la nuit je m'efforçai de bien préciser les détails de cette aventure et je sentis bien, au fil des heures, que mon maitre en musique acceptait finalement pour me satisfaire. Nous décidâmes de prendre rendez-vous avec les neuro-sciences dans quelques jours. En me raccompagnant en voiture Uldi changea brusquement de sujet :

— Zoro vous êtes bien seul, tout comme moi, et vous savez j'ai une fille qui réside à Paris, Ultima. On l'appelle Ulma. Elle est élève au Conservatoire dans une classe de flutes traversière, à bec et hautbois, et elle semble progresser. Mais elle est un peu comme vous, plutôt solitaire et son caractère n'est pas facile, surtout depuis la mort de sa mère, il y a dix ans. Ulma avait quinze ans à l'époque et elles étaient si proches. Je vais lui dire de venir.

— Mais notre projet, va …

— Il attendra un peu. Je crois que la présence d'Ulma nous fera du bien.

On a bien droit à une période de préparation. Et puis je vais peut-être devoir rester un certain temps sans quitter le lit… Ulma sera utile pour subvenir aux besoins et veiller au grain, comme on dit. Donnons-nous donc un petit délai de réflexion.

La voiture d'Uldi s'arrêta devant ma petite maison, bien sombre dans la nuit sous une pluie maintenant dense.

— Allez, faites du feu, éclairez-vous. Essayez de reprendre tout cela calmement et on en reparlera. Il nous faut un délai pour assumer.

Chapitre 6

Je sentis le cafard m'envahir en me retrouvant seul devant ma petite maison ; je ramassai la clé sous une grosse pierre placée sur le côté du seuil, une habitude de ma pauvre mère qui avait toujours peur de la perdre en faisant ses courses. Puis je m'empressai d'obéir à Uldi. J'allumai un grand feu dans la cheminée avec des branches ramassées sur les dunes, bien sèches et bien odorantes. Emmitouflé dans un plaid et regardant les flammes, je me rendis compte que tout cela était ridicule, fou, et peut-être l'annonce d'une mort programmée. Et puis je me sentais honteux d'avoir réussi à convaincre ce brave Uldi ! Saisissant mon iPhone j'appelai mon patron Maitre Aram chez lui ; je connaissais sa maison, un fort de corsaire sur la côte, qu'il transformait jour après jour en une espèce de musée maritime :

— Excusez-moi Maitre Aram, je sais que sous nos latitudes la soirée commence tôt, et que, *home sweet home*, nous tenons à notre intimité. Surtout si les vents soufflent comme ce soir...

— Pas de problème, Zoro ! Je devine votre tension, mais je connais aussi votre courage et votre dévouement pour notre cause scientifique. Nous sommes en marche Zoro, vers le prix Nobel ou autre, que sais-je, Ha ! Ha !

Sacré patron, toujours prêt à m'en remettre une couche ! J'eus beaucoup de peine à lui imposer ce que je voulais lui dire mais je finis par y arriver :

—Voilà Maitre Aram, mon « John », qui est mon prof de viole de Gambes, et moi-même, avons besoin de faire le point, de nous ressaisir, ou de nous saisir en fait.

Bref j'obtins de lui une semaine de repos en guise d'entrainement psychologique ; il ne me verrait pas de huit jours. Ayant raccroché je décidai de me coucher tout de suite. De fait, et j'en fus étonné après -coup, je sombrai dans un sommeil lourd, évidemment plein de cauchemars hideux, de rêves peuplés de cellules monstrueuses, de phagocytes avides et de courants sanguins tumultueux. Je sortis du lit, une heure après, physiquement effondré ; je crus pouvoir marcher un peu sur la dune, sur des sentiers familiers, mais je perdis courage rapidement.

Je ne fis que me tourmenter : serait-t-il utile d'aller questionner Alex Guignolo-Chapirov, chez les Neuro- PT, ne serait-ce que pour relire les documents fondateurs de la méthode, celui de son aïeul, le tout rapporté avec soin par Isaac Asimov ? Je ne m'en sentais plus le courage. Devais-je faire, quant à moi, un testament, régler quelques papiers relatifs aux pauvres biens de ma défunte mère et de moi-même. Je restais assis dans mon petit enclos, un râteau à la main, n'ayant pas le courage de ramasser quelques herbes. Le soir venu, mal rasé, hirsute, je grignotai quelques biscuits, avalant du thé brulant. Enfin, ayant monté péniblement l'escalier en bois qui menait à ma chambre, en surplomb de la pièce principale, je me remis au lit. Le sommeil fut long à venir mais finalement m'entraina et je sombrai lourdement.

Chapitre 7

Il était autour de dix heures du matin quand je me réveillai en sursaut ; la pièce d'en bas était soumise à un sacré remue-ménage, des meubles semblaient être déplacés, et des bruits métalliques de seaux retentissaient. Passant rapidement un pantalon et un pullover je me précipitai vers le haut de l'escalier et je me figeai de stupéfaction : en bas de la cage d'escalier, la personne qui semblait être responsable de ce raffut, une jeune femme, me tournait le dos. Elle s'appuyait nonchalamment sur mon unique balai, bien dégarni en poils au demeurant. Je ne pus m'empêcher d'admirer la magnifique chevelure blonde qui cascadait sur ses épaules. Elle se retourna et me sourit.

— Enfin réveillé ! Je suis Ulma, je suis arrivée hier soir.

— Mais comment êtes-vous entrée ? répliquai-je, honteux d'être surpris dans cet état déplorable.

— Uldi, mon papa, m'a expliqué que vous laissiez toujours une clé sous un pot de fleurs près de l'entrée, pot sans fleurs d'ailleurs, signe de moral à zéro.

Puis elle se retourna faisant tournoyer le balai :

— Dites-moi le ménage n'a pas été fait depuis des lustres ici, alors je me suis mise au boulot. Descendez vite car « *vot samovar bushit* » et j'ai prévu des toasts.

Je pris le temps néanmoins d'améliorer ma tenue et de brosser mes cheveux, sans d'ailleurs obtenir un résultat satisfaisant, puis je descendis à la rencontre de cette visiteuse, fille de mon maitre. Elle avait même su trouver une nappe colorée de ma pauvre mère, ainsi que deux tasses et deux assiettes. Je me plantais près de la table, l'air nigaud. Ulma était une magnifique jeune fille élancée, droite dans ses bottes en cuir à talons hauts ; ses yeux bleus et son sourire éclatant lui donnait une allure ouverte et amicale. Elle me rappela son père immédiatement. En plus jolie.

— J'ai bien compris au téléphone que papa et vous aviez pété les plombs, aussi j'ai pris l'avion rapido. De toute façon, père me l'avait demandé. Bon asseyez-vous, nous allons déjeuner, je n'ai rien pris moi non plus ce matin… mais on ne va pas se lancer dans une discussion tout de suite car je souhaite mettre un peu d'ordre dans cette maison qui le mérite.

Elle parlait tout en s'activant de la cuisinière à gaz à la table.

— Heureusement que j'ai pu remplacer la bonbonne de gaz. La précédente était vide. J'ai fait doucement, ça ne vous a pas réveillé ?

— Non, je dois bien avouer qu'entre le harcèlement du travail et le moral à zéro, je me suis un peu laissé aller.

— Ça c'est sûr !

Ses yeux se fixèrent un instant sur moi, renforçant ma honte.

— Je comprends pourquoi papa a de l'affection pour vous, vous avez l'air gentil, c'est rare de notre temps, ajouta-t-elle dans un éclat de rire.

— Mais, dis-je, vous avez abandonné votre travail à Paris ? N'est-ce pas dommage ? La situation n'est déjà pas terrible et vous l'aggravez en y ajoutant un échec.

— Non, dit Ulma, j'ai passé mes derniers exams de flute traversière et les concours de flute à bec et de hautbois attendront ; ce n'est pas pour tout de suite d'ailleurs. Et puis je vais m'entrainer avec vous, non ?

Cette demande me fit comme un coup à l'estomac, je trouvais ça d'emblée flatteur mais l'émotion ressentie par cette proposition d'Ulma me sembla suspecte. Attention, me dis-je, ce n'est pas le moment de tomber amoureux à nouveau. Devant ma mine Ulma éclata de rire puis se leva vivement pour aller chercher la confiture et du lait en boite.

Comme le samovar bouillait en faisant de la vapeur elle servit le thé que j'avalai bruyamment en comptant sur ses effets stimulants.

— Bon maintenant mettons-nous au travail, car père va bientôt nous rejoindre. Je vais nettoyer ce joli plancher en bois et vous, vous allez sur la dune pour cueillir quelques roseaux et chardons bleus.

Elle désigna un grand vase vide qui avait appartenu à ma pauvre mère et que je n'avais jamais fleuri depuis son décès.

Je me retrouvai sur la dune balayée par un vent léger, les cheveux dans le nez et un sécateur à la main. Dans mon esprit des pensées fusaient : mais qu'est ce qui se passe ? Ecoute mon gars, je crois que tu t'embarques trop facilement avec cette fille... Cette touffe de chardons bleus a l'air pas mal ! Bon, il faudra que j'accorde mon luth.

Pour le coup j'avais oublié notre voyage à venir, fou et fantastique.

En revenant j'aperçus la voiture d'Uldi Ozols qui se garait devant la maison. Je courus vers lui et je le serrai dans mes bras dans un fort et viril « hug ».

—Bon, allez, me dit-il, serrons les rangs maintenant que nous avons donné notre accord !

Je l'aidai à sortir de la voiture un grand sac à provisions et un panier rempli de livres. Il vit mon étonnement il me dit en souriant :

— Des bouquins de philo, tout sur l'Être depuis Aristote jusqu'à Levinas.

Chapitre 8

Le temps que nous nous soyons installés, Uldi et moi, près de l'âtre, en étalant les bouquins sur une table basse, Ulma avait déjà préparé le déjeuner. Je reconnus à nouveau sur la table centrale la nappe colorée de ma pauvre mère. Ulma disposa devant nous une grande pizza au renne fumé, une salade de pommes de terre garnie d'herbes diverses, du fromage de Kainuu et une corbeille de tranches de pain de seigle. J'allai chercher des bouteilles de bière dans le frigo.

— Vous voulez me faire regretter de partir dans le cosmos ! lui dis-je.

Elle sourit un peu tristement ; aucun de nous ne pouvait ignorer le danger de cette aventure à venir. Uldi déroulait ses pensées. D'abord il était impossible, d'après lui de se baser sur les philosophes.

Pour une bonne raison : rien de charnel dans leurs œuvres, alors que nous sommes en voie de partir pour trouver du physique, un matériel pensant qui serait l'Être. Il me voyait naviguer dans des marigots entourés de forêts de neurones sans jamais rencontrer quiconque.

— Voyons Uldi, lui dis-je, il y a deux difficultés, je n'ose pas dire problèmes. Premièrement il y a l'aspect anatomique : où devrais-je aller, et comment ? Et deuxièmement il me faut réussir à communiquer avec l'Être.

— Mais justement, s'exclama Uldi, il est complètement immatériel, fait d'activation d'aires cérébrales en tout lieu et dans tous les sens !

— Ce n'est pas l'opinion des philosophes car s'ils disent qu'il est, il est planté quelque part et conscient, soit le Da-sein de Heidegger, le Moi de Lacan ou l'Être-Là de Levinas. Bon, il n'a pas un nez au milieu d'une figure comme les « Je » que nous sommes, mais il peut être structuré. Regardez par exemple la constitution de certains enzymes de haute importance comme la créatine kinase cérébrale humaine. Je prends cet exemple car c'est une enzyme primordiale pour l'énergie dans le cerveau ; elle régénère l'ATP. Elle est altérée dans l'Alzheimer. Eh bien grâce à la spectrographie par les rayons X on a déterminé sa structure : un enchevêtrement de molécules en torsades multiples avec 15 sites actifs dispersés dans tous les coins. Eh bien, indéniablement, cet enzyme « est » ; il est avec des yeux, les sites, avec un corps fait de liaisons aminées, etc.

— Mais il n'est pas conscient.

— En tout cas il réagit à bon escient.

— Et nous les « Je », on n'est pas des Êtres alors ?

— Non car si on est détruit aux trois quarts par une explosion, un accident ou que sais-je, l'Être existe encore en nous. C'est la base de l'éthique liée à la morale pour Levinas.

— Mais il faut être encore vivant ?

— Oui, il est nécessaire que les grandes fonctions soient encore viables, comme la circulation sanguine, l'apport d'oxygène et de produits énergétiques, d'autant que le cerveau en consomme 25% à lui tout seul !

— L'Être dépend de la vie ?

— Cela montre sa matérialité, sa chair…

Mon bon maitre, les lunettes basses sur le nez, signe chez lui d'une attention forte, se mit à feuilleter les pages d'un des livres reliés en cuir :

— Pour Platon on est dans le domaine des Idées avec un grand « I », qui non seulement sont immatérielles, mais qui se baladent, alors que le « Je » reste au fond de la grotte…

— Stop, cria d'une voix forte Ulma, suffit pour aujourd'hui.

Elle était allée chercher sa flute dans la voiture de son père et je dus monter dans ma chambre pour prendre ma viole de Gambes. Mon maitre s'en empara aussitôt et se mit à en régler les accords. Ulma farfouilla dans une pile de partitions que j'avais laissé trainer dans un coin de la cuisine.

— Je choisis la sonate de Bach en mi majeur pour flute et basse continue BMV 1035, car comme vous le savez le ton en majeur remonte le moral. Bon, la basse continue c'est vous à la violine.

Mon maitre avait « chauffé » la violine et Ulma et moi nous mîmes à jouer. Et le miracle se produisit, une musique admirable s'exhalait du bois de la viole et du fer de la traversière pour notre bonheur à tous les trois. Nos Êtres, situés ici ou là, étaient à l'évidence en communion fraternelle.

Mes chers amis partirent vers minuit, Ulma au volant de la voiture de mon maitre luthier, son vélo dans la malle, car Uldi et moi avions ingurgité pas mal de bières. La décision finale avait été de se lancer dans l'opération sans plus attendre. Dès le lendemain je pris rendez-vous avec Chapirov, et mon patron de médecine Maitre Aram de Çoba s'en trouva ravi.

A-16
LAB

Chapitre 9

C'est ainsi qu'un matin nous arrivâmes tous les deux au même moment devant le bâtiment des Neuro-PT, souriant malgré l'abattement dans lequel nous nous trouvions. Mon maitre luthier portait une valise avec des affaires de toilette et un survêtement. Pour ma part j'avais mis dans un sac mon rasoir, du linge de rechange, mais surtout mon ordinateur portable et mon smartphone. Le Pr Alex Guignolo-Chapirov nous accueillit bruyamment et sans plus attendre nous emmena dans une aile du bâtiment dévolue aux visites médicales.

— D'abord les examens médicaux et les investigations encéphaliques, dit-il péremptoirement.

Nous comprîmes qu'il n'y avait rien d'autre à faire qu'à se soumettre. Le premier groupe d'examens était d'ordre somatique, et mené par deux jeunes cardiologues américains stagiaires que je ne connaissais pas, spécialisés dans l'étude cardio-vasculaire par électro cardiographie, suivi par une longue et méticuleuse échographie cardiaque, puis des troncs artériels et veineux. Pour moi tout parut normal ; en revanche pour Uldi certaines altérations firent l'objet de discussions. Il présentait un souffle au niveau de la carotide gauche et l'échographie montra une insuffisance de la valve correspondante. De plus le tronc de la carotide était aussi le siège de plaques athéroscléroses réduisant le calibre du vaisseau. En revanche les artères cérébrales semblaient normales en échographie. Finalement, sa candidature pour l'expérience fut acceptée par les cardiologues.

— Vous allez faire de l'escalade de montagne sur les plaques d'athérome, Zoro ! Ah ! Ah ! s'exclama Alex.

Je trouvais la plaisanterie de mauvais goût. Sans attendre, on nous conduisit dans une autre aile du bâtiment pour les investigations neuro-encéphaliques. Je connaissais cet endroit, le plus performant pour l'étude fonctionnelle du cerveau et de bien mauvaise réputation depuis les implantations de matériel dans le tissu cérébral. Il s'agissait de plusieurs salles successives aux murs tapissés de grillages ou de plaques métalliques. Je fus surpris par la richesse des équipements. Dans un laboratoire de radiochimie, un cyclotron à isotope radioactif reconstituait des images sur de puissants ordinateurs. En fait la salle en jouxtait une autre, plus grande, hébergeant un scanner à émission de positons. Mais ce n'était pas tout car dans un ensemble de salles au bout de l'aile de ce bâtiment, était installé le fameux scanner IRM-f composé de plusieurs engins impressionnants dont un énorme aimant en forme de cylindre qui enveloppait un brancard. Nous fûmes accueillis dans ce lieu par Albert Morrison Jr, l'arrière-petit-fils de l'américain miniaturisé quarante ans auparavant. Après des salutations chaleureuses qui nous surprirent, il s'exprima bruyamment une boite de coca-cola à la main :

— J'ai été pris de la frénésie de recherche de mon grand-père. Après mes diplômes obtenus à Harvard j'ai cherché à reprendre ses travaux, en fait interdits partout ! Puis j'ai fini par comprendre qu'il fallait venir en Daffy-Eden dans cette ville intelligente de Clopinovgrad, *well, that's it* ! Ha, Ha !

Dans sa conversation, Morrison Jr brandissait en permanence la boite de coca-cola, la posant sur une table puis la reprenant, faisant mine de boire mais la reposant à nouveau. Ses propos réduisait notre pays à un trou perdu peuplé de cobayes humains imbéciles.

— Ce qui me frappe, cher collègue, lui dis-je, c'est la magnificence des équipements : tout ce qu'il y a de mieux aujourd'hui en matière d'investigation du cerveau se trouve ici.

—*Affirmative! Well, we must proceed*. Donc on va vous soumettre à une exploration en IRMf suivant la technique bien décrite par le Professeur Denis le Bihan. Bref, je vais avec cet appareil suivre l'état d'aimantation des protons de l'eau dans le champ du scanner, ce qui me donnera les variations du débit sanguin et donc de l'activation cérébrale lorsque vous réfléchissez. Je ne pense pas nécessaire d'aller plus en avant dans mes explications.

Je ne pus réprimer mon agacement.

—Je vois que vous considérez les Psy comme pétés, *how may a shrink be normal, as you use to say*. Mais pour nous ce sont les neurologues investigateurs qui sont pétés ! Enfin PT soit « pétés au Pet Scan ».

Albert Morisson Jr se montra gêné et avala une grande quantité de Coca Cola. Le dialogue reprit plus aimablement et mon bon maitre fut le premier à être introduit dans le tunnel de l'IRMf, sous l'aimant géant.

L'appareil utilisé l'IRM BOLD produit une aimantation du sang du cerveau soit précisément du fer de l'hémoglobine, et permet aussi d'observer des variations de son état d'oxygénation. Les variations de débit sanguin dans les régions activées sont mesurées, les lieux où le cerveau « pense » s'illuminent. Le débit sanguin est rapporté à l'activité cérébrale grâce à l'acquisition des images en temps réel sur de puissants ordinateurs par la méthode Echoplanar.

— Restez bien calme tout d'abord, demanda Morison Jr.

Il fallut attendre assez longtemps pour que le neurologue, entre deux manipulations de la boite de coke, stabilise les images sur les deux écrans de l'Echoplanar. Puis quelques zones scintillèrent à la surface cérébrale.

— Nous y sommes, and *now*, maintenant, Mr Ozols, pensez que vous jouez d'un instrument, puisque vous êtes musicien.

Brusquement plusieurs zones du cerveau, éloignées les unes des autres, se mirent à scintiller.

— *Wahoo ! Great !* vous êtes un grand musicien, s'exclama Morison Jr, plein de zones sont requises !

— Et en plus il est Maitre luthier, ajoutai-je.

— Pincez votre pouce avec l'index, reprit Morison Jr, *Wahoo,* quelle dextérité !

— Que voulez-vous dire ?

— Que pratiquement toutes les zones du cortex cérébral sont capables de s'activer intensément et que les zones des doigts sont particulièrement larges et actives. Parlez Monsieur Ozols, enfin, comptez. Bon le Broca à gauche est actif normalement.

Morison Jr conclut également qu'il n'y avait aucune trace de tumeur ni de sclérose en plaque. Puis ce fut à mon tour d'être enfoui dans le cylindre de l'IRMf. Il apparut que j'étais normal, mais pas aussi brillant que mon maitre…

Le professeur Alex Guignolo-Chapirov nous attendait à la sortie de la zone d'imagerie cérébrale, vêtu en chirurgien, pantalon blanc sur des sabots, grande blouse bleue et calotte sur la tête.

— Allons-y, nous dit-il, tout le monde est prêt et vous attend.

La zone d'essai, ainsi dénommée sur le panneau, était obturée par une porte semblable à celle d'une prison. Alex se débattit avec le code plus d'une minute avant que nous puissions accéder aux salles d'expérimentation. Cela correspondait effectivement à un bloc opératoire, une large salle carrelée jusqu'au plafond, immaculée ; au centre se trouvait un cube de deux mètres de haut, bâti en verre épais transparent à l'intérieur duquel on distinguait une sorte de torpille, engin pointu d'un côté et dont l'arrière ressemblait à une boite ou un placard.

— Voilà votre fusée, dit Alex.

Sur le côté un lit était disposé, entouré de tables d'instruments et d'un appareil de radio avec un grand écran. Les cardiologues américains se tenaient là, souriant d'un air hypocrite sous leur masque.

— Bon Monsieur Ozols, vous allez vous déshabiller et enfiler cette camisole stérile, puis vous étendre sur la table. Nos amis chirurgiens vont pratiquer un cathétérisme d'une de vos artères pour conduire Zoro en bonne place.

Mon maitre luthier fut pris en charge par une infirmière qui lui fit changer ses vêtements pour une tenue bleu stérile, pantalon et chemise. Comme les cardiologues s'affairaient auprès de lui, je constatai la présence d'un autre groupe de techniciens disposant à l'intérieur du cube central un écran, au ras de mon ogive. Voyant ma curiosité Alex, intervint :

— C'est un dispositif aimanté capable d'agir sur le vaisseau dans lequel vous serez dans quelques instants, lequel est en métal ; ainsi on pourra vous diriger ou tout au moins modifier votre trajectoire, si nécessaire.

— Quant à moi je ne me déshabille pas, je pars comme ça ? dis-je.

— Absolument ! Vous êtes élégamment vêtu, ce qui fera honneur à l'Être ! Mais vous allez mettre par -dessus un scaphandre léger muni dans le dos de bouteilles d'air oxygéné qui ne seront utiles que lorsque vous aurez quitté l'ogive. Dans celle-ci tout est prévu pour une atmosphère adaptée à l'humain pour 24 heures.

— Mon délai de voyage, retour compris ?

— Affirmatif, interjeta le Professeur Alex, révélant ainsi une appartenance militaire antérieure.

Machinalement je m'approchai de l'ogive qui reposait sur une dalle. Je découvris alors qu'une trappe était ouverte juste à côté qui permettait d'accéder au-dessous de l'ogive.

— Bon ! nous n'avons pas voulu tout vous expliquer au préalable car cela aurait été long, compliqué et angoissant. En réalité, l'action magnétique de miniaturisation est projetée par d'énormes générateurs placés en sous-sol.

La préparation finale dura une heure. L'ogive était petite mais je trouvai le siège orthopédique confortable. Je plaçai sur une aire de rangement mon casque de scaphandre, mon sac à dos, mon PC et mon smartphone. Je voyais les cardiologues procéder. Ils avaient introduit en haut de la cuisse d'Uldi une sonde dans son artère fémorale. Je compris qu'il la faisait remonter jusqu'au cœur pour la disposer à l'entrée de la carotide gauche. Une intervention de routine pour les cardios, mais pénible tout de même pour l'opéré. Cela me rendit furieux brusquement. On en reparlera, me répétai-je, c'est quand même un guet-apens. Je râlais encore lorsque je me rendis compte que tous ces personnages avaient disparu de mon champ de vision. Un rideau opaque semblait s'être posé sur la capsule. Mon attention se porta sur les sons que je percevais, et je fus étonné de leur modération. Je m'attendais à pire. Mais le temps me parut long. Après environ une demi-heure des secousses agitèrent la capsule. À travers la paroi redevenue translucide, je perçus des éclairs, des jeux de lumière parfois, pour certaines aveuglantes. Je compris que les cardios avaient aspiré la capsule, maintenant réduite à environ dix mus (μ) dans une seringue contenant du liquide isotonique. Une sensation de flux, de courant liquidien, rythmé par une secousse régulière, en fait le pouls d'Uldi, me fit comprendre que j'étais propulsé dans la carotide. Brusquement les phares de ma capsule s'allumèrent et je distinguai nettement des hématies, les globules rouges, qui l'entourait et la portait, sans se coller à elle. Je me souvins alors qu'Asimov avait décrit la difficulté de devoir inhiber l'adhésion des cellules sanguines aux ogives. Puis les hauts parleurs se mirent à grésiller. J'avais oublié cela, que le contact dans la capsule était possible avec le staff.

— Ça va Zoro ? C'était la voix d'Alex. Tout se passe merveilleusement ! Il faut néanmoins que vous redressiez le vaisseau de temps en temps. N'hésitez pas à manipuler le volant. De notre côté on a agi avec l'aimant extérieur pour vous aspirer dans la seringue.

Aspiré dans la seringue … L'absurdité de la situation me saisit et je sentis la sueur perler à mon front. De fait je n'avais encore touché à rien.

— Ok, où suis-je ? demandai-je.

— Tout est allé vite Zoro ! Ce qui est normal vu la force du flux, car vous savez que le cerveau est avide de substances énergétiques et d'oxygène.

— Vingt-cinq pour cent du tout.

— Eh oui ! Bref vous avez franchi la carotide interne et nous voulons vous diriger vers le cortex antérieur qui est le plus intelligent et par conséquent susceptible d'héberger l'Être. Donc vous allez vers l'artère cérébrale antérieure. Le problème…

— Ah bon, il y a problème !

— Pas vraiment. C'est une manière de parler ! Donc la difficulté c'est de vous faire atterrir - phase technique que je préférais : j'étais dans l'aviation militaire - dans un lac veineux sous le sinus longitudinal supérieur en plein dans la matière grise.

— Oui mais il y a une multitude de capillaires verticaux à cet endroit et je risque de m'emboliser dedans !

— Oui, mais c'est mieux que de pénétrer par en-dessous, je veux dire par l'ampoule de Galien et le sinus droit.

— OK, faites au mieux.

Je me mis à manipuler le volant comme si j'étais dans un manège de voitures tamponnantes, un coup à droite et un coup à gauche. En fait je ne rencontrais pas de difficultés et j'éprouvais même un certain plaisir, souvenir d'enfance peut-être. Puis le cours du sang sembla fléchir, être plus calme quoique ferme.

— Accostez ! cria presque Alex, et sortez, on vous laisse faire à partir de maintenant. Simplement tirez sur la manette « adhésion » quand vous êtes contre la paroi.

Je trouvai encore cela un peu raide ! Aucune explication préalable, certainement pour jouer sur la spontanéité de mes réflexes au moment voulu. Je choisis d'aller à droite, inclinant le volant dans cette direction. Au bout d'un moment j'atteignis une zone sans hématies. En revanche je croisais de loin en loin de grosses cellules, des globules blancs qui se déplaçaient lentement contre la paroi. Je reconnus celles-ci comme je les avais étudiées lors de mes études anatomiques du cerveau : cellules endothéliales, larges, plates, hérissées de petits pseudopodes que je savais être des molécules adhésives, servant justement à attacher les cellules circulantes. J'appuyai sur la manette « adhésion » et instantanément le vaisseau fut collé à la paroi. Je compris que des ligands étaient apparus se liant aux pseudopodes endothéliaux.

Et maintenant que faire ? Je me sentis défaillir. Je vissai mon casque sur ma combinaison et me saisissant de mon sac je fis glisser la porte coulissante supérieure de mon petit navire.

— L'ogive va se remplir de liquide plasmatique ! hurlai-je.

— Non, grâce à la tension superficielle, mais faites vite. Le casque est prévu pour conserver la transmission vocale.

Je surgis littéralement hors de mon vaisseau, reçus un paquet de liquide visqueux sur le casque et surtout je fus plongé dans une chaleur élevée, à 37 degrés, la température du corps. Je m'agrippai sur le toit maintenant refermé de l'engin, que je découvris parsemé de sortes d'étriers. Ils ont pensé à tout, me dis-je. Puis m'accrochant ensuite aux ligaments liant le vaisseau à la cellule endothéliale je réussis à en atteindre le bord et à me glisser dans l'interstice de deux cellules et de là dans le tissu cérébral. Comme je m'y attendais l'espace périvasculaire était comme une forêt tropicale, enfin, avant qu'elle ne fût dévastée par les humains. Le vaisseau que je venais de quitter était enserré de cellules accolées à lui, appelées péricytes. Tout autour, de multiples lianes traversaient l'espace, dendrites d'astrocytes ou de grosses fibres comme des câbles que j'identifiais comme des fibres myéliniques qui relient les aires cérébrales et qui en gros faisceaux plongent vers les organes nerveux inférieurs puis vers la moelle épinière, certaines parfois s'étendant sur plus d'un mètre de long. Bref des structures de soutien et des structures de transmission. Je fis l'effort de me déplacer, lentement du fait que j'avais les pieds dans un fluide, la lymphe, et aussi parce que je me trouvais au bas d'une pente, une sorte de colline. Je décidai d'en faire l'ascension pour atteindre une grosse cellule dont on distinguait le noyau proéminent. Un neurone me dis-je. En approchant je constatai qu'il était relié à une autre comme deux wagons de train. Je reconnus une synapse. Plus près de cette structure je constatai qu'elle scintillait, montrant l'activité intense des neuro médiateurs. A ce moment je réalisai que je ne savais où aller. J'étais effrayé à l'idée de m'éloigner de mon véhicule que je voyais encore en contrebas, de peur de ne pas savoir le retrouver. C'est alors que se produisit un phénomène extraordinaire.

Chapitre 10

Tout d'un coup en levant les yeux vers le haut j'aperçus une forme humaine, une silhouette d'homme. Elle se tenait à distance. Puis elle se mit à me faire signe en agitant les bras. Saisi d'un sentiment mélangé de crainte et de désir, je me hissai vers elle en pataugeant et titubant. En m'approchant je vis que ce personnage était souriant ; il avait pour moi une expression familière, comme si je le connaissais et, brusquement, je me rendis compte que son visage affable avait quelque similitude avec les traits d'Uldi ou de sa fille Ultima. Tout en étant néanmoins différent. Il portait une blouse blanche sur un pantalon en toile et de fines chaussures.

— Approchez, cria l'individu, je vous attendais. On suffoque ici, suivez-moi, je vous souhaite la bienvenue.

Comme il me tournait le dos je me hâtai après lui et arrivé en haut de la pente je distinguai une large vallée ondulée parsemée d'une mer de neurones.

— La scissure de Rolando, cria l'individu à travers mon casque, devinant ma perplexité.

Et quelle ne fut pas ma stupéfaction de découvrir un peu en contrebas, une petite maison en bois, une cabane à vrai dire, mais avec une porte encadrée par deux fenêtres. L'individu ouvrit la porte et je le rejoignis. A l'intérieur, la porte refermée, je constatai la disparition de la chaleur et j'enlevai mon casque sur son conseil. Je pus respirer normalement et je fermai les robinets de mes réserves d'air oxygéné disposées dans le dos de ma combinaison de vol.

— Monsieur l'Être, je présume ? Le personnage éclata de rire.

— Non, je ne suis ni le Docteur Livingstone, ni l'Être. Je suis le Pareil.

Mettez-vous à l'aise, dans cet endroit c'est comme chez vous, température, oxygénation.

J'enlevai ma combinaison. La pièce comportait de larges écrans muraux surmontant des claviers, un canapé d'angle et deux tables en bois.

— Je prépare du thé, ajouta le Pareil.

— Vous pouvez…

— Oui, il y a plein d'électricité dans le « Je », il suffit de se brancher où il faut, ajouta-t-il en riant.

Une fois confortablement installé sur le canapé d'angle, j'ouvris mon sac à dos, sortis un cahier et un stylo et je me lançai dans un questionnement qui m'apparaissait urgentissime.

— Donc si vous n'êtes pas l'Être, celui-ci existe-t-il ? Je suis venu pour le rencontrer, ou tout au moins pour vérifier son existence.

— Oui, l'Être existe, bien sûr, il s'agit du Même, qui est son nom. Le Même « est » l'Être. L'Être-Etant si vous voulez.

— Mais vous faites appel à une nomenclature inverse d'Heidegger pour qui l'Etant est le Même et l'Être est le Pareil ? On va s'y perdre !

— Tout à fait d'accord, mais en fait c'est une question d'utilisation des mots ; pour Heidegger celui qui existe, soit Etant, est le Même et là tout à fait d'accord aussi. Mais il dit que le Pareil est l'Être, ce que je réfute ; je suis le Pareil, je suis le verbe, le logos, mais pas l'Être au niveau substantia, soit cette activité neuronale objectivable aujourd'hui par l'imagerie. Mais cet homme ne connaissait par l'IRMf ! Tout ça c'est une nuance d'écriture et il a eu le mérite, avec Ricœur, d'avoir inventé les termes.

— Mais est-ce que le Même dont vous me parlez comme étant l'Être-Etant, existe vraiment ? Je ne peux arriver à me le représenter ; n'est-ce pas une construction philosophique rabâchée au fil des âges en commençant par Aristote, puis Kant, puis les phénoménologistes, et dont Levinas s'est emparé ? Si l'on interroge l'intellectuel moyen d'aujourd'hui, n'en déplaise à mon cher Maitre Aran, ce qui prévaut chez lui c'est la notion de « machine évoluée » certes, mais adaptée, c'est tout !

Le Pareil prit une pose relax les bras derrière la tête :

— L'Être « est », c'est à dire qu'il existe charnellement, au niveau du cortex sous la forme d'un profil de connexions cérébrales, ce que les chercheurs du « Human Connections Project » appellent l'empreinte cérébrale, propre à chaque individu. Et de plus on accède à lui par la technique de l'IRMf, imagerie par résonnance magnétique fonctionnelle, à laquelle vous venez d'être soumis. C'est vrai qu'il y a beaucoup de gens qui restent pantois devant cette découverte et qui disent : ce ne sont que quelques neurones, ça n'a pas de figure, on ne voit rien. Mais allons, ce n'est pas au Même d'avoir un nez au milieu d'une figure ! Il délègue pour ça. Et le délégué c'est moi, le Pareil, avant tout chargé de la communication, mais pas que ! Il faut aussi que je commande à ce qui peut être dirigé par activation, ce qui est restreint en fait.

— Donc le postulat de Bergson, l'Être en tant que réalité immatérielle…

— Est tout simplement faux.

Le Pareil se leva et alla se poster devant l'écran lumineux qui m'avait intrigué à mon arrivée :

— Regardez sur cet écran : on voit le cortex illuminé et brillant du lobe frontal, dont les neurones et les synapses sont activés sur toute sa surface, en permanence d'ailleurs.

—Jamais de zones éteintes ?

— Non, le Même veille à ce que tout soit illuminé à la fois, sinon la conscience se perd ou tout au moins est altérée… C'est la notion des 100% chère à Lionel Naccache. Donc, ici en surface on a les neurones qui sont le support du Même, entourés de synapses et liés aux axones et synapses des neurones profonds, par exemple ceux qui viennent des ganglions de la base, acteurs essentiels de l'apprentissage, dont par exemple le thalamus. Il faut se représenter le nombre de ces structures : 100 milliards de neurones et un million de milliards de synapses…

— C'est ahurissant, dis-je, une galaxie dans la tête, des milliards d'étoiles, on a peine à réaliser cela … et pour la plupart ces structures sont en superficie du cortex ?

— Oui, il est dit par Lionel Naccache : « plus on est à la surface du cerveau, plus on est dans la profondeur de l'Esprit ». Pour nous il s'agit du Même, l'écorce intelligente la plus en avant. Cette grande activité rend l'Être capable d'exister. Permettez-moi une métaphore biblique : Pharaon existe, on n'en doute pas et cela parce que des milliers, voire des millions d'esclaves, le long du Nil, pêchent, cultivent et élèvent les pyramides, lui donnant la capabilité d'exister sur son trône. S'il n'y avait cette grande activité en cours, il n'existerait pas. Par analogie c'est l'illumination de tous les neurones du cerveau qui fait exister l'Être, soit le Même, en entrecoupant leurs fonctions en permanence. Il est d'ailleurs observé que si certaines zones cérébrales sont lésées le Même n'existe plus, n'« est » plus ou n'est que partiellement, et le pathologiste sait déceler la zone responsable, parfois limitée.

— Ok, mais Moshé intervient à un moment donné : « *Let my People go Pharaoo !* » Laisse mon peuple s'en aller…

— Bien sûr ! Moshé est la métaphore du doute. L'Être peut être frappé par le doute qui en un sens accentue la capacité de se penser comme Moi. Mais, dans un autre sens, le doute le menace de destruction, sa « nobilitas » est remise en jeu. Il n'est pas toujours capable de proposer le processus rationnel qu'on attend de lui !

— Oui, comme dit Thomas Boraud : Homo Sapiens n'est pas Homo logicus !

— Exact *man* ! Le processus de décision est difficile, soumis à des facteurs aléatoires, dont l'émotion. Pensez au Roi Lear décidant de marier celle de ses deux filles qui est honnête et pieuse à un Français ! Quelle honte ! Et il donne tout pouvoir à l'autre qui est une diablesse et qui le conduit à sa perte. La décision porte cette folie, bien souvent présente dans les personnages shakespeariens.

— Oh ! On dirait que ça bouge, que ça tremble !

— Oui, tout se transforme sans arrêt, les synapses se défont et se refondent, au gré de la formidable plasticité cérébrale. Elles sécrètent des neurotransmetteurs selon un code on-off. Tiens regardez là : des organes du système limbique s'illuminent. Je crois que notre « Je » est soumis à une inquiétude ou une émotion, mais il va être calmé par la dopamine que je vais lui faire parvenir en excitant un noyau du striatum.

— Le cerveau est l'organe du plaisir ?

— Oui à partir de deux sources : la dopamine et la sérotonine. La dopamine est sécrétée dans le cortex

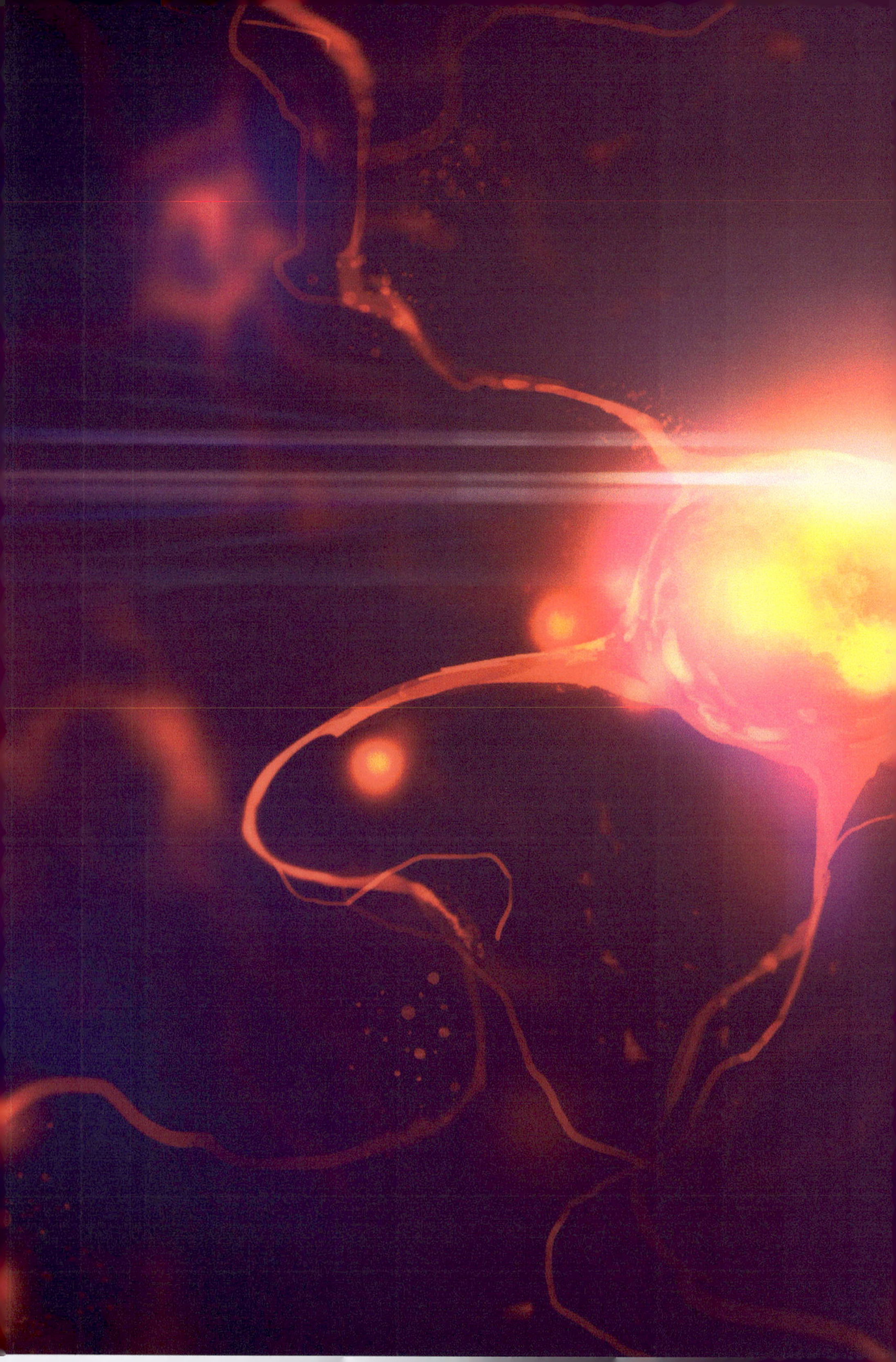

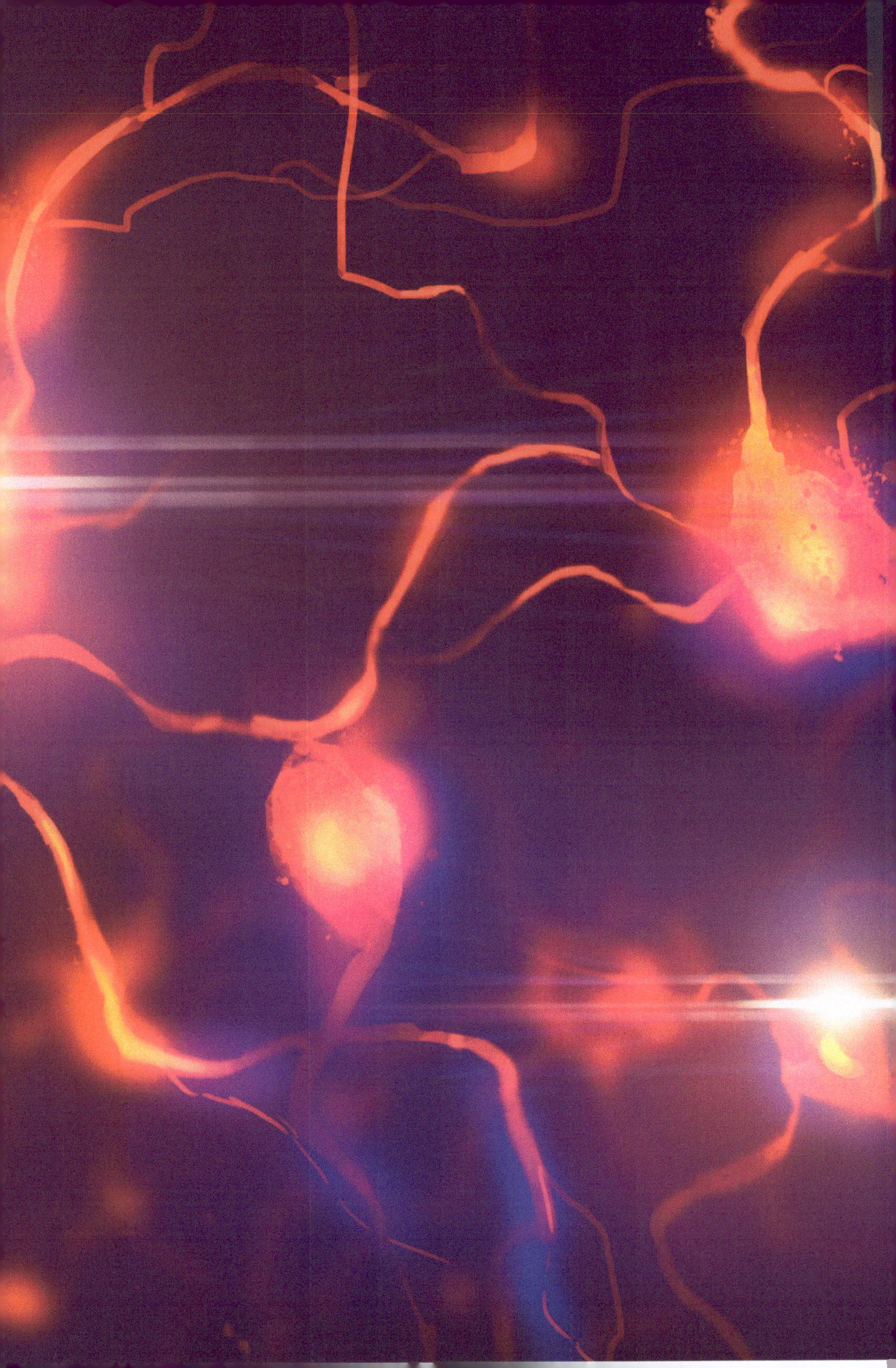

par les synapses de neurones fort éloignés puisque localisés dans le striatum et l'hypothalamus latéral. Ce produit provoque un plaisir répondant à un désir, celui d'aller de l'avant, de gagner, d'être confiant et optimiste. Notez qu'il est dopé par le sucre.

— Bonjour l'excès de coca-cola !

— Exact *man* ! L'antidote pour réguler est la sérotonine déversée par les synapses de neurones dont les corps sont situés dans le raphé et le tronc cérébral ; un pour cent dans le cerveau, bloquant la dopamine surtout en présence de bétabloquants. A noter que la sérotonine est présente ailleurs, dans les plaquettes sanguines en particulier, autre vecteur.

— Cette vie intense des neurones et des synapses doit les conduire à l'usure ou la mort ?

— Oui mais les neurones et les synapses conservent assez longtemps la capacité de se reproduire et sont protégés par la glie protectrice.

— Et toutes ces cellules, chacune intelligente, conversent entre elles ?

— Mieux ! Elles s'organisent en réseaux, souvent géants, qui sont spécialisés et que je suis appelé à éduquer et à gérer.

— Mais on peut évoquer une évolution des structures, quelque chose de charnel sans pour cela y localiser la conscience.

— Faux ! Prenons le problème central de la conscience comme vous le suggérez… Les neurosciences sont à fond dedans. La conscience d'un sujet est fondée sur la capacité de traiter des informations, c'est ce qui construit sa subjectivité. Pour cela il s'appuie sur la prise en compte - soit leur représentation - des sensations diverses, via l'œil, les oreilles, la peau, etc., qui sont enregistrées dans de multiples aires éloignées les unes des autres. Elles conversent entre elles, et cela de manière inconsciente, vis-à-vis du Même. Puis, à un moment donné, une conversation unifiée et cohérente est accessible au Même qui prend conscience, à condition d'être éveillé. Il faut alors que la formation réticulée qui gère l'éveil et le sommeil paradoxal, située dans le tronc cérébral sous les hémisphères, soit pluguée sur « on ». Les neurones de cet organe sont en relation avec les ganglions de la base d'un côté et le cortex auquel d'ailleurs ils transmettent des infos à propos de l'extérieur du corps et même de l'intérieur.

— Tout se tient !

— Exact ! Ainsi le profil de connexions cérébrales, la chair du Même, soit les couches les plus superficielles du cortex, éveillées et activées dans leur ensemble, est capable de traiter ces infos en « conversant » ce qui permet de les digérer au maximum et de les transformer en messages simples et logiques si possible et d'atteindre un certain «

degré d'intégration » qui lui est propre, soit la conscience qui est la capacité de représentation, la capacité de se représenter. On peut illustrer cela par une citation littéraire de Mme de Sévigné, « Ne vous représentez pas que je sois dans un bois avec un hibou sur ma tête ! » On se doit ici d'évoquer, à la suite de C.G. Young et son constructivisme, le sujet se construisant une représentation. Un certain degré d'intégration est propre au Même, et on peut le mesurer selon la théorie de Tononi et Koch en unités Phi (φ). On peut donc mesurer la conscience humaine, très développée chez l'homme au sommet de l'échelle de l'évolution des êtres…

— Et on peut faire ça chez les animaux ?

— Bien sûr et ils se mettent en ligne selon une échelle de conscience plus ou moins développée. Et d'ailleurs les Neuro-PT, comme vous les appelez, évoquent la possibilité de conscience des énormes réseaux connectés par Internet par exemple et des connections dans le cosmos aussi qui pourraient avoir une conscience. Einstein croyait à ça. Mais revenons au Même, puisqu'on accède à sa conscience c'est donc à sa subjectivité que l'on a à faire, à l'élément de la personne qu'on appelle « Personna » soit à sa réalité d'Être. De plus la connaissance, que j'ai du Même montre que les sensations les plus diverses qui sont perçues par lui sont des objets de son Être, des attributs sur lesquels il fonde sa pensée, sa capacité à juger et à décider. On a en suivant :

conscience, puis agrégats d'objets, base ou forme de la pensée s'ouvrant sur la décision, l'agir, le réagir.

— Il y a aussi la conscience collective…

— Oui, je vous renvoie à Lionel Naccache qui traite ce sujet avec la notion de « l'homme Réseaunable » : il s'agit de la diffusion dans les réseaux sociaux d'unités d'information qu'il appelle « mêmes » mais la lettre « m » en minuscule, dans les sociétés pour l'édification d'une conscience collective. Ceci devient facile et dangereux avec les médias actuels.

— Et la conscience de soi, du Je dans l'espace, dans le « en train de » ?

— Pour cela le Même fait appel à un réseau dans l'hémisphère droit régissant extérieur et intérieur, les sorties de corps ou des tours de passe-passe comme la « *ruber hand illusion* », soit une main artificielle que l'on prend pour la sienne.

— La capacité de penser est-elle là, avec lui ou ailleurs ? Et qui plus est, n'est-elle pas soumise à l'Être ?

— Absolument ! L'Être, soit le Même, peut confondre la pensée, on parle de confusion parfois. Ceci en plus du doute dont nous parlions il y a quelques instants avec la métaphore de Moshé. Moi, je régis la pensée qui, pour une part au moins, est un mécanisme mettant en jeu des connections synaptiques qui lui sont propres ; pour mon cas, je ne connais et je ne dépends que d'un Être qui est donc le Même.

— Certains disent : on est plusieurs…

— Non ! Ce sont des mouvements intra synaptiques qui sont en fonction en permanence dans des endroits divers ; c'est le mécanisme de base. Ainsi je constate en ce moment des activités de récepteurs au niveau de l'hippocampe car je pense que notre hôte doit être en train de mémoriser une lecture.

— Ou une partition de luth…

— Il faut comprendre que tous les organes cérébraux y compris le cerveau inférieur, celui des passions particulièrement, sont gérés par la génétique. Autrement dit par le libre arbitre des gènes reçus par l'évolution, sans arrêt modifiés par l'épigénétique et dont ne peut s'occuper le Même. Ne dites-vous pas quand vous êtes souffrant : « Docteur, qu'est-ce que j'ai ? » C'est tout simplement avouer que le Même n'en sait rien ! Les gènes, les réflexes, l'instinct, sont des domaines avec lesquels il négocie. Ceci le conduit à une analyse des sensations, ses « objets d'être », et il prend des décisions adaptées jusqu'à consulter un autre Même.

— Cela peut vouloir dire que l'organisme humain, le Je que je représente, est conçu pour se passer de la conscience ; gènes, réactions instinctives, cela suffit.

— C'est ce que l'on pensait pour les organismes inférieurs jusqu'à ce que les Neuro-PT cassent la baraque comme je vous le disait plus tôt. Et de ce fait on pouvait faire n'importe quoi, comme bouffer les animaux, ou faire souffrir les êtres inférieurs… La question est ouverte. Quant à notre Même, ici, il est plutôt poisson que viande.

— Notre cher Uldi Ozol ! Mais donc le Même va s'adresser parfois à l'autre, le Docteur par exemple, n'y-a-il pas là un aspect particulier du Même ?

— Bien sûr je vous ai parlé de sa nature, de son essence : Persona. Mais il est aussi Prosôpon, le masque de théâtre que j'ai toujours à portée de main, c'est mon boulot. Le Même a une peur bleue de l'Autre qui pourtant seul le sauve, on en reparlera. C'est le visage de l'Autre qui le subjugue… Une réflexion générale aussi : tout ce que je vis ici est proche de la neurobiologie et un peu en dehors de la philosophie en ce qui concerne les conceptions de l'Être au fil du temps ; cela ne veut pas dire que l'on y est opposé, mais l'imagerie a changé le regard sur l'Être et permet de nuancer les philosophes.

— Vous me faites penser à mon maitre Aram ! « De toute façon les philoglottes se nuancent entre eux », dit-il !

— Mais arrêtons-nous pour boire un peu de thé.

Le Pareil se lève et prépare du thé en faisant bouillir un samovar sur un petit réchaud, tout cela en virtuel comme je le réaliserai plus tard.

— Vous avez donc de l'électricité ?

— Il y en plein le corps du « Je », pas de problème.

J'en profite pour téléphoner sur mon smartphone miniaturisé mais qui marche encore ! Phénoménal ! Le progrès sans limite qui finira par devenir intelligent effectivement.

— Uldi ? C'est Zoro, comment allez vous ?

— Bien, mais inquiet tout de même … Enfin on vous a suivi pas à pas et tout se passe bien, mais on est tous ici impatients de vous revoir. Dans combien de temps comptez-vous revenir pour que les Neuros lancent le processus de retour ?

— Très vite, le temps de rédiger mon rapport sur l'Être, sa nature et ses caractères ; en fait je suis pris en charge par le Pareil, très sympa…

— Qui ?

— Euh, bon je ne peux pas vous en dire plus pour le moment.

— Je vous passe ma fille qui tient absolument à vous parler.

— Ulma, que je suis content de vous entendre, je…

Ultima Ozol rit dans le téléphone :

— C'est pour ça que je prends le smartphone de papa, pour vous divertir alors que vous risquez votre vie ; je crois qu'il y a là une grande part d'instinct féminin.

— Ulma, je crois que, je, enfin vous et moi …

— Taisez-vous, la cause est entendue depuis que je vous ai vu descendre de la dune avec un maigre bouquet de chardons bleus à la main ; revenez vite.

Après cette conversation, je regarde dans le vide, conscient de ma fatigue bien compréhensible. Le Pareil sourit :

— Amoureux ?

— Oui, ça alors, j'aurais pu attendre, mais c'est elle qui...

— Ah ! Ah ! Toujours le pauvre garçon qui se fait avoir. Bon on va terminer par le point important de la relation à l'Autre qui est la base du comportement du Même. De plus vous m'avez dit que vous me laissiez votre téléphone portable ce qui fait que l'on pourra dialoguer quelques temps avant qu'il ne se décharge.

Nous bûmes en silence, ce qui me permit de percevoir à nouveau les bruits du corps de « Je », l'écoulement du sang dans les artères en particulier.

— Il y a une sténose limitée sur la carotide gauche d'où ce bruit de souffle, dit le Pareil, mais modérée.

Puis il reprit la parole et pendant deux heures j'écrivis fébrilement sur mon cahier des centaines de notes. Je n'en reprendrai pas ici le récit dans sa totalité pour ne pas faire double emploi avec ma conférence terminale, une fois mon retour effectué… sur terre ! Pour dire les choses avec humour. La réalité du monde intérieur où la pensée règne dans l'ordre des sentiments est assez simplement bâtie, comme beaucoup des choses vraies de ce monde. Je me cantonnerai ici aux aspects physiques neuronaux.

Le Même dès la vie utérine ne pense qu'à une chose : le Salut ; comment être sauvé, échapper à la mort à laquelle la chair est vouée. Il ne parle qu'un langage archaïque. Il ne comprend rien à la voix qu'il entend au-delà de la paroi de l'abdomen et dont il ne sait à qui elle appartient. Il lui faut fabriquer un instrument qui pourra apprendre et exprimer sa volonté, ses décisions, qui parle le langage de l'Autre qui est Là, et d'Autrui qui est au-deLà. De ce fait il édifie le Pareil qui sera spécifique du « Je » dans lequel il vit et dont il va prendre progressivement la mesure. Lui, le Même, est la substance, soit Persona et le Pareil est Prosôpon, le Masque de théâtre, soit un visage inventé pour tenter de s'opposer au Visage de l'Autre, qui tend à nous subjuguer. Le Pareil parle, propose, s'expose dans l'en-avant du Même et dans l'entremêlement de la Pensée. Le Même dont les objets sensitifs l'entourent et le font Sujet-conscient, se débat, interprète, essaie de classer dans l'hippocampe, vérifie les aires du langage, sans pouvoir néanmoins trop maitriser les centres inférieurs et de multiples aspects fonctionnels directement gérés par les gènes, souvent polymorphes, mutants et modifiés. Pendant ce temps le Pareil braille dans l'entonnoir du Masque, essaie de sauver les meubles, la dignité, l'honneur de l'Être lancé en avant, cherchant à être reconnu et sauvé. Au total le Même est obligé en permanence de donner des ordres, même les plus simples, à Pareil. Pareil… on peut l'appeler Moi, comme certains philoglottes, comme dit Aran, mon patron. Le Moi, comme quelqu'un qu'on se représente en Soi, avec qui on parle, on prend des décisions, on apprécie le Monde, etc. Mais entendez que le Moi n'a rien à voir avec l'ensemble du « Je », sa nature, sa constitution, ses métabolismes, ses réflexes et surtout son capital génétique qui fait ce qu'il veut pour défendre la vie, et jusqu'à la matière fécale des intestins qui joue un rôle dans la santé ! Tout cela c'est le Même qui le ressent, qui recueille les données, les fait stocker dans l'hippocampe après les avoir identifiées selon ses normes et qui essaie de gérer.

Je finis par intervenir :

— Vous parlez de ces structures profondes, or Thomas Boraud pour ne citer que cet éminent neurobiologiste spécialisé dans la décision, fait remarquer qu'elles sont plus importantes en volume que le cortex, qu'elles jouent un rôle prédominant lié à des déterminismes ou paradigmes primitifs inhérents à l'évolution sélective particulièrement chez les mammifères mais pas seulement.

— Effectivement ! On ne doit pas parler de cerveau inférieur et d'un autre supérieur ; comme je l'ai dit il y a un câblage inouï entre ces organes et le cortex et qui font plus que de fournir des informations. Comme l'explique Thomas Boraud elles ont leur part dans les décisions, fonctionnent en binômes neuronaux plugués sur on-off, très sensibles aux émotions, une des caractéristiques du système limbique, ayant à charge l'apprentissage et délivrant au cortex à la fois des choix on-off et des neurotransmetteurs. Mais le Même est le domaine de la conscience bien qu'il soit largement dépendant de la démarche de ces organes.

— Le Même n'est guère plus savant que vous et celui qui agit c'est vous.

— Oui mais lui c'est « Celui-là » qui ressent, qui est « sensible à » et qui commande en fonction de ses alertes sensitives. Alors je me place devant les écrans et je pianote pour exciter telle ou telle zone cérébrale pour ce qui est du domaine de notre pouvoir lié à notre savoir. Mais, je le répète, c'est certain que le corps, le « Je », fonctionne avant tout par réflexes et instincts, le tout programmé génétiquement pour la survie de l'espèce. Comme disait Georges Brassens, « la bandaison Papa, ça ne se commande pas » !

— Qui va agir dans le « plus simple appareil », grâce à Pareil Ah ! Ah !, dis-je en riant.

— En ce domaine je suis bien forcé !

— A propos du « Je » j'ai noté que Sylviane Agacinski insiste sur le fait que « chacun est son corps », donc le corps que vous appelez « Je » n'est pas « une chose au service de la personne ».

— Absolument ! D'ailleurs à quoi pense le Même sinon à préserver le corps, à le faire Soi, à bien assurer qu'il est Mien. Les liens sont d'une densité extrême du fait des neurones dont les axones immenses relient le corps aux noyaux de la base et ensuite au cortex. Mais le corps a son autonomie par ses réflexes conditionnés et ses contraintes géniques.

— Et on peut lui piquer des organes !

— Bon c'est pas tout ça, mais il faut que vous partiez maintenant, car vos réserves d'air ne sont pas terribles. Remettez votre camisole, votre casque et ouvrez les robinets d'air. Je garde votre smartphone. Cela me permettra de communiquer avec vous sans que personne ne s'en aperçoive !

—Une dernière question : Uldi qui est « en substance » le Même et en vit, ne semble pas vous connaitre ? Il ne vous rencontre pas ?

—Non, les Pareils sont invisibles à Soi, l'individu ; je suis une construction virtuelle et il faut que vous soyez venu jusqu'ici pour réaliser que j'existe.

—Vous me faites penser à Shakespeare, dans la Tempête : « nous sommes fait de la substance de nos rêves ».

—N'est-ce pas génial ?

Chapitre 11

Le retour à l'ogive, mon vaisseau, ne fut pas facile au milieu des fibres de soutien et dendrites neuronaux et des câbles myéliniques. Je constatai d'ailleurs un certain degré d'usure des fibres myéliniques, une cause importante du vieillissement du cerveau et d'altération des communications. Je glissai et tombai à plusieurs reprises. En approchant je constatai avec joie que l'engin était toujours à la même place, collé à une cellule endothéliale, mais balayé par du liquide plasmatique. Je réussis néanmoins à faire glisser l'ouverture au ras de la cellule pour limiter l'entrée de liquide et à me faufiler à l'intérieur. Une fois sur mon siège j'enlevai mon casque, soulagé un instant, puis à nouveau très inquiet. Je serais allé d'un stress à l'autre, me dis-je, pantois ! En effet, une fois en mouvement, je vais être entrainé dans les veines puis le cœur, puis à nouveau les artères. Alors comment en sortir ? Je poussai la manette identifiée comme « mise en circuit » et après un grésillement je perçus à nouveau la voix d'Alex.

— Vous voilà de retour dans l'Hydronef, Zoro !

— Le quoi ? m'exclamai-je.

— C'est un terme que l'on vient de choisir en vous attendant. Avez-vous réussi votre mission ? Nous sommes...

— Impatients, o.k., oui, objectif atteint, mais où je vais maintenant ?

— Vous allez appuyer sur la touche départ et l'adhésion à la paroi ayant disparue, le flux sanguin va vous entrainer.

— O.k., mais justement, je vais tourner en rond dans la circulation sanguine !

— Non car comme vous êtes métallique, si je peux dire, nous allons vous guider avec l'aimant portatif que nous promenons sur le corps d'Uldi.

— Vous lui avez enlevé la sonde fémorale ?

— Bien sûr ; donc l'aimant va vous saisir, enfin pas vous, l'Hydronef, dans la veine jugulaire droite, pour vous conduire dans la veine sous-clavière correspondante, puis la veine du bras.

— La basilique ?

— Affirmatif et, au creux du bras, on vous récupérera dans une seringue. On videra la seringue dans une boite en plastique, que l'on placera dans la cabine centrale pour vous dé-miniaturiser.

Je préférai me taire à partir de ce moment-là et me laisser basculer, tanguer au point d'attacher la ceinture de mon siège que je n'avais pas remarquée jusque là. Une ou deux heures après, la paroi de l'engin perdit son opacité et je reconnus les visages attentifs et anxieux d'Alex, d'Uldi et d'Ulma. Cris, effusions et embrassades se succédèrent. Puis les médecins regroupés et un peu agités décidèrent que je devais rester hospitalisé un jour ou deux. C'est ainsi que je me retrouvai dans une chambre proprette et bien éclairée sur la façade du bâtiment des Neuro-PT offrant vue sur la mer, avec d'un côté du lit Uldi, un peu fatigué lui aussi et de l'autre Ulma me tenant la main. Mon maitre Aram de Çoba vint régulièrement me rendre visite pendant ces deux jours.

— Vous êtes un héros pour nous Zoro. Malheureusement on ne peut divulguer à la presse votre aventure réalisée dans le champ de l'interdit international. En revanche nous attendons beaucoup de vos conclusions d'ordre neurophysiologique et, je présume, philosophique.

Je fus ainsi mandaté pour une conférence. En mon for intérieur je décidai d'écrire également ce

présent livre, sachant néanmoins que personne ne me
croirait à cause de l'Omerta internationale.

Chapitre 12

Epilogue deux ans après.

Conférence du professeur Zoro Astrien
Grand Amphithéâtre de l'Université de Daffy-Eden
Clopinofgrad

« L'Être en Nous Autres »

Mon cher Maitre Aram Abraham Gershôm de Çoba , cher Professeur Alex Guignolo-Chapirov, mes chers collègues médecins cardiologues et neurologues, je ne vous cacherai pas l'émotion que j'éprouve de vous voir tous ici rassemblés à côté de mon cher maitre luthier Uldi Ozols, l'humain ami qui m'a aimablement et humblement accueilli dans son corps pour y rencontrer l'Être et qui est aujourd'hui mon beau père. J'ai en effet épousé sa fille Ultima. Nous sommes les heureux parents d'un petit garçon que nous avons nommé Pareil ! Quelle aventure et que d'émotions !

Mon exposé ne concernera pas la technique du voyage proprement dite, la miniaturisation en particulier et je laisse à Alex le soin de répondre à vos questions à ce sujet, en soulignant néanmoins que le Conseil de Sécurité des Nations Unies a mis sous séquestre toute l'installation, avec autant de précautions que s'il s'était agi d'enfouir des déchets radioactifs ! Néanmoins l'histoire demeure…

Parler de l'Être c'est, sans nul doute, pénétrer dans le domaine philosophique dont une part primordiale lui est consacrée, ceci depuis toujours, dans la Grèce antique et Rome, dans le Moyen-âge religieux puis philosophique avec Saint Thomas d'Aquin, puis dans la modernité des Lumières, jusque dans l'efflorescence philosophique du vingtième siècle. Il est bien évident que je ne me sens pas capable de dominer un tel sujet, bien que le thème de l'Être me soit si cher, ce qui fait rire mon maitre Aram. Mais je soulignerai un point important : la neurologie a armé son bras récemment dans divers domaines dont l'imagerie cérébrale et en particulier l'IRM fonctionnelle (IRMf) où la mesure concomitante des variations de l'oxygène cérébral permet d'observer « l'illumination » neuronale dans les différentes aires qui s'activent. Avec ces techniques, sans arrêt en progression, elle entre en intrus dans l'espace philosophique. Allons-nous vers un conflit ? Je ne le crois pas mais la matérialité de l'Être maintenant de plus en plus cernée modifie ou modifiera beaucoup certaines approches philosophiques.

L'Être existe en tant que Substantia, localisé unanimement dans le cerveau qui est strictement associé à la conscience, ceci au niveau des cellules neuronales de l'encéphale à distance du corps (le « Je »). C'est là en effet que l'imagerie IRMf le circonscrit en tant que l'aire la plus superficielle que l'on puisse maintenant délimiter spécifiquement pour un individu donné. Résultat obtenu par exemple par « The human Connection Project », le HCP. On le reconnait en le faisant parler, car les aires du cortex s'illuminent dans telle ou telle condition de demande ou de sollicitation. Cette notion de suprématie du cerveau est admise, en sachant que le cervelet, par exemple, riche en neurones, n'a pas le pouvoir de la conscience. Au-delà des fonctions que l'Être ici incarne et domine, il n'est pas seulement le mécanisme mais aussi une personne. Il est Substantia et puis ensuite Personna. Ici les critiques fusent : ce ne sont que des phénomènes électriques ! Et alors ? Ce sont des signaux en rapport avec des actions délibérées, voulues et choisies. Pourquoi ne pas croire qu'il s'agit de l'Être ? Certes il n'a pas un nez au milieu de la figure et un grand sourire d'émoticône, mais il délègue cela au corps du « Je », surtout son visage et dans un dessein bien déterminé.

L'Être est vivant ou plutôt extraordinairement lié au vivant. Le cerveau consomme une quantité énorme d'énergie, oxygène, condiments divers et le tout propulsé par une pression sanguine intense. Si l'appareillage nutritif, d'une quelconque manière, est altéré, il va mourir et d'un seul coup à jamais. Ce n'est pas le cas du « Je », le corps, qui peut être largement altéré sans que l'Être disparaisse ; dans le lock-in syndrome quand le corps est complétement en panne sauf le cerveau supérieur et l'audition parfois, il peut répondre alors en excitant des aires cérébrales : il est encore là !

La mort de l'Être est un moment particulier et beaucoup d'entre nous ici, au moins les médecins, ont approché l'agonie de l'humain, avec à un moment donné, cet instant précis où l'Être s'en va. Mozart et son librettiste ont bien montré cela dans le Don Juan, acte I, scène 1, ou le coup d'épée fait mourir le commendatore :

- COMMENDATORE : « Sento l'anima partir »
- DON GIOVANNI : « Haletante et agonisante
déjà de son sein palpitant, je vois son âme
s'échapper »

Cette notion d'envol, départ immédiat fermer les portières, est accessible à tous les entourages et fait poser la question : l'Être va-t-il ailleurs ? Cette âme va-t-elle réapparaitre dans un être vivant différent, ou rester dans les cieux, mais lesquels ? Ici on touche à une exigence préalable de l'Être, soit dans le cadre de la théorie de l'Esprit, son adhésion après la dixième année de vie à des croyances familiales ou autres susceptibles de répondre à la question du pourquoi d'être, dans le sens du « to be or not to be » shakespearien ou du cri de Job : « pourquoi donc deux genoux m'ont-ils accueilli, pourquoi avais-je deux mamelles à téter » (Job 3 : 12-13). Bien sûr je ne saurais m'avancer dans ce domaine, car comme tout scientifique je laisse mes opinons religieuses au vestiaire lorsque j'enfile ma blouse blanche.

L'Être est doté de conscience, c'est à dire qu'il est capable de se retourner sur lui-même et de prendre acte de son existence, peut-être avec l'aide des neurones miroirs. Ceux-ci situés dans le lobe frontal et le cortex pariétal inférieur suscitent le désir mimétique de l'autre et l'empathie, ce qui renvoie étonnamment à Rousseau décrivant la situation d'aliénation de l'Être, s'identifiant à l'image de soi qui lui est renvoyée ; est-ce que j'existe aux yeux d'autrui ? On trouve ici un exemple de l'interaction IRMf-philosophie !

En suivant le bon vieux Descartes de nos classes

de philo au Lycée, est-ce que l'Être « est » parce qu'il pense ou pense-il parce qu'il « est » ? La notion de conscience n'est plus aujourd'hui seulement un concept philosophique mais une réalité scientifique car on peut la mesurer selon la méthode de Tononi et Koch en unités Phi (Φ) (*Integrated Information Theory*). On peut donc établir le niveau de la conscience humaine, très développée chez l'homme en haut de l'échelle des êtres vivants, lesquels néanmoins sont tous doués d'un degré de conscience donc d'une réalité d'Être, ce qui ouvre un nouveau chapitre d'éthique à leur égard. Ceci nous ramène au bon Jean de la Fontaine et à ses fables ésopiennes ! Ou plus amusant, à Gotlib et son chien Gai-Luron !

La conscience est basée sur le traitement des perceptions ce qui est complexe car stratifié : ainsi les signaux électriques définissent la conscience comme un phénomène réel montrant la mise en jeu de multiples zones cérébrales, par exemple la région V2 pour la couleur, l'aire temporale pour les bruits ; mais le cortex somatosensoriel est nécessaire pour identifier le vent qui souffle. Prenons un exemple de « film cérébral » tiré du très intéressant ouvrage de Lionel Naccache, soit la mise en jeu des aires du cortex. L'ordre est de porter un regard sur un objet ou une image. Question : qu'est-ce que c'est et comment le ou la nommer (mettre un nom sur) ? À toute allure, différentes aires coordonnées donnent leur réponse. À 1/10 sec : représentation neuronale dans des régions cérébrales primaires qui sont spécialisées dans les formes, couleurs, mouvements. Á 2/10 sec : mise en jeu dans l'hémisphère gauche, spécialisée dans le langage, d'une région de représentation sous forme visuelle abstraite dite : la région de la forme visuelle des mots.

Puis activation d'une aire de système de prononciation des mots (élaborée et éduquée pendant l'enfance), soit conversion des morphèmes en phonèmes. Puis jeu du système de la sémantique des mots, le sens du mot lu, éduqué aussi pendant l'enfance. On arrive à 400 millisecondes : mise en jeu du système cérébral de la sémantique verbale, dans le lobe temporal gauche, soit une interprétation sémantique inconsciente. À 600 millisecondes : représentation inconsciente du sens du mot. Et enfin se met en place une conversation des régions sur un vaste réseau cérébral qui aboutit à la prise de conscience du sens du mot. Ainsi peut-on dire que l'on passe du pôle inconscient au pôle conscient avec intervention du Pareil pour emmagasiner dans la mémoire, soit en tant qu'élément nouveau, soit en « surimprimant » sur un souvenir analogue déjà présent, c'est l'effet palimpseste. On est passé d'un pôle inconscient, où l'on retrouve Sigmund Freud, au pôle conscient de la représentation chère à Schopenhauer fondateur du mot, en admettant que ses « Idées » sont les perceptions digérées et traitées. Tout cela, quoique stupéfiant, ne fait qu'entourer la conscience qui demeure mystérieuse quant à l'analyse du ressenti, qu'on ne peut ni cerner ni mesurer. Il y a un « gap » ici dans les connaissances. Mais n'est-ce pas exaltant de laisser à l'Être un degré de mystère, hommage à la perfection quasi infinie de la création ? Á noter par ailleurs que l'application de cette technique IIT permet d'accéder à une certaine conscience de la matière, des systèmes connectés, et d'accéder aux théories de panpsychisme.

Donc l'Être, doté de ce pouvoir « prend conscience » de sa situation locale au sein de l'environnement et c'est ça qui le trouble d'emblée, lui posant le problème du Salut, car immédiatement confronté à l'Autre, dont le visage, selon Levinas, l'affronte, dans un rapport immédiatement éthique. « Je suis là » (Da- sein) mais jamais esseulé, ou dans la condition de la Genèse : « Ayé Ka », « où-tu ? », devenant dans l'instant « redevable » par rapport au Créateur qui le missionne éthiquement.

L'Être habite le corps puisqu'il procède de la chair du corps, mais celui-ci, le « Je », lui échappe complètement. Le corps fonctionne indépendamment à partir d'un énorme capital génétique, sous l'action de réflexes dont certains ont été conditionnés. La digestion, la gestation, une grande partie des fonctions physiques sont autonomes ; les organes nerveux infra cérébraux, bulbe et autres, sont aussi largement autonomes.

Et tout cela est loin d'être amorphe, comme des rouages de machines ; les instincts les animent comme le désir sexuel axé sur un seul principe : la survie de l'espèce par la reproduction. Certes l'Être n'est pas isolé comme en prison, mais au contraire relié par des fibres descendantes à tout ce qui est moteur mais aussi glandulaire. Néanmoins il est largement impuissant.

« Je ne sais pas ce qui m'arrive, j'ai des vertiges et je suis bien étonné », etc. On retrouve là le déterminisme de Spinoza, le corps obéissant avant tout à la nature et la conscience n'ayant pas accès au causes matérielles de l'organisme. Cette pensée de Spinoza est étonnamment moderne d'autant qu'il affirme aussi que la conscience n'accède pas aux causes immatérielles de l'âme.

L'Être habite en premier lieu un fœtus qui vient du fond des âge. D'abord d'un poisson, car le fœtus humain a des branchies qui disparaitront mais en laissant des vestiges au niveau de l'appareil mandibulaire qui peuvent donner des cancers à l'âge adulte. Puis il provient à quinze millions d'années d'un ancêtre commun des humanoïdes, qui se sépare des gibbons, des orangs outangs et des gorilles. Puis il y a six millions d'années l'Être humain se sépare des chimpanzés et des bonobos. Enfin à deux millions d'années survient un australopithèque homo habilis, puis plusieurs espèces et enfin à partir de

300 000 ans avant l'ère actuelle un seul ancêtre subsiste : l'homo sapiens. Des changements extraordinaires survenus dans la lignée des singes ancestraux lui confèrent des propriétés physiques étonnantes comparées aux autres animaux. Le développement est extensif pour les organes nerveux ayant trait aux mouvements des mains, de la bouche, dont les aires corticales recouvrent toute la partie antérieure du cortex frontal (l'animalcule) ; le redressement du corps jusqu'à la station debout et donc à la possibilité de la marche permettent au regard perfectionné de voir au loin, transcendant l'écosystème. Pour tout ceci et bien d'autres perfectionnements l'Être devient, peut-on dire, suprême. Mais comment cela s'est-il produit ? On admet une contrainte génétique particulièrement efficace avec mutations, embranchements stériles et action de l'épigénétique, soit l'action mésologique sur les gènes, par exemple la luminosité pour la couleur de la peau. Mais c'est quand même bluffant et cela n'a marché que sur une lignée d'anthropoïdes. On peut constater, analyser, mais non pas « comprendre » au sens profond du terme. Il y a là une approche du mystère général que nous offre la nature, que l'on retrouve dans tous les secteurs de la science, l'astronomie en particulier.

Les changements du corps, passant de la quadrupédie à la bipédie ne sont pas physiologiques et entrainent plus que jamais aujourd'hui des ennuis physiques : pathologie du dos incluant les sciatiques, déformation de l'appareil mandibulaire telle que pratiquement tout enfant relève de l'orthodontie. Également de grosses difficultés apparaissent pour la circulation sanguine de retour : la pression veineuse à la cheville est trop élevée et le sang a du mal à remonter au cœur, alors que c'est si facile chez le quadrupède ! Et bien d'autres ennuis encore : à l'évidence cet « homef » (homme et femme) n'était pas appelé à évoluer ainsi, à moins qu'il ait été programmé pour un destin suprême.

L'Être est intelligent, car faisant partie de ce « Je », il va s'organiser dès le début de sa vie fœtale, comprendre un nombre progressif de faits, décider qu'il doit participer activement à son Salut, qui est aussi celui du « Je » son support et sa source de moyens. Il va devenir très intelligent, soit l'intelligence en tant que moyen de survie (Salut). Il est capable d'adaptation à son écosystème, de comprendre, de faire un lien (inter-ligare) entre la pensée abstraite qui est sa caractéristique intime et tous les éléments sensibles qui vont s'accumuler. Oui mais comment fonctionne-t-il ? Est-il capable de tout faire tout seul ? Non il faut ici distinguer l'Être d'un Autre intérieur qu'il élabore lui-Même et qui va articuler toutes les actions des aires corticales et centres nerveux.

L'Être est le Même selon le juste concept de

Mêmeté de Paul Ricoeur, exprimant le caractère immuable du sujet, le Persona, soit le « que » du « que suis-je », lié au « Je » pour Philippe Corcuff, soit à Substantia de Saint Thomas d'Aquin. Et le Pareil, le « qui » de « qui suis-je » correspond à l'Identité-Ipséité de Paul Ricœur, l'identité narrative parlant fort sous le masque de théâtre, soit Prosôpon.

Johann Gottlieb Fichte dit : « j'oppose dans le Moi un Non-Moi divisible au Moi divisible ». Le Pareil va devoir se projeter vers autrui dans une prospective éthique chère à Levinas, exprimant la singularité du Même et établissant dans un seul mouvement la reconnaissance et la différence. Toute action est conférée au Pareil : les évènements visuels et auditifs sont sélectionnés, interprétés et stockés dans la mémoire ou oubliés car l'oubli est un outil de défense essentiel pour le Salut. « N'en faites pas trop les mecs ! Tout n'est pas bon, y a des trucs à jeter ! » dira le philosophe des rues ou encore, plus élégamment : « *I don't suffer from memory loss, I enjoy it !* ». Le Pareil est un sujet construit de toutes pièces, donc spécifique à un individu donné, objectivable car il parle dès l'intérieur du « Je », en tant que Prosôpon, le masque de théâtre vers l'extérieur, ce troublant monde de l'Autre. Est-ce à dire que le Même est différent du Pareil ? Oui et non ! Le Même procède de la nature de l'humain (homef : homme ou/et femme, pansexuel au départ), riche d'expériences accumulées sur le plan génétique, et programmé pour des jugements intelligents. Mais à partir de ces potentialités le Même fabrique le Pareil en faisant des choix pour affirmer une singularité dans les goûts, les aspirations et les désirs. Il se fabrique une belle auto avec plusieurs vitesses, des rétroviseurs, une bonne climatisation et un GPS. Ça c'est à moi (à moi-Même), se dit-il, et on va rouler comme ça pendant notre vie. On retrouve ici les données philosophiques immuables : l'Être cherchant son avenir selon Aristote, l'Être entrant en mouvement au gré de ses perceptions de Platon, et enfin plus près de l'aire moderne la notion d'intentionnalité des phénoménologistes (Brentano et Husserl).

On se chamaille sur l'éveil de la conscience du Même advenant chez le fœtus ou seulement le petit enfant. Ce qui est certain c'est qu'il se manifeste dans le sein de sa mère, qu'il va entendre, percevoir et enfin « ressentir », cette fameuse qualité au-delà des sensations car interprétative ou tendant à l'être. Elisabeth perçoit le tressaillement de son enfant et exulte de joie et de foi (Saint Luc, 1, 39-56). Les tressaillements du fœtus, le fruit des entrailles, en tant que bénédiction de la mère et de la création. L'Être, en gestation, au sens premier du terme, est dès l'abord intelligent et il va faire le point : que puis -je utiliser pour mon Salut ? D'abord il écoute à travers la paroi de l'abdomen et il ne comprend rien ; peut-être parle-t-il lui-même un archéo-langage des bonobos ou autre, mais cela ne sert à rien et il n'a pas d'interlocuteur. D'autre part il saisit qu'il peut utiliser ses mains, ses pieds de manière fort agile, et qu'il peut mouvoir sa bouche aussi de manière vraiment perfectionnée. Ne seraient-ce pas des outils intéressants pour le Salut ? Mais il ne sait pas manipuler ; d'autre part ses sensations sont à analyser et à conserver dans une mémoire. Enfin il faut pouvoir donner des ordres à « quelqu'un » pour que des mécanismes soient à sa disposition. Alors se met -il au travail pour fabriquer et éduquer un Pareil à partir du quatrième mois de la vie fœtale. Celui-ci va écouter et apprendre la ou les langues de l'extérieur, en les fixant sur un site donné. Il va apprendre à faire marcher les mains et la bouche et les jambes et les pieds qui semblent promis à une fonction importante, la marche, le déplacement, l'autonomie. Pour tout cela il va exploiter des aires corticales et des organes plus inférieurs dont les potentialités semblent sans limites. Mais un évènement primordial, qui va être inaugural, survient à l'accouchement : le nouveau-né est projeté sur le corps nu de la mère et surgissent dans sa vision les seins sexuels et nutritifs, puis le visage, de la Mère. Cette rencontre du Même et de la Mère correspond à la rencontre éthique de Levinas et se reproduira avec les autres visages d'Autrui. D'un seul coup le Même perd « sa suffisance essentielle » souligné par Platon. Il est subjugué, impliqué dans cette altérité imposée, mais qui néanmoins lui apparaitra comme une condition essentielle de la conscience. Il se trouve, sans l'avoir choisi, sous l'emprise de ce visage maternel, il perçoit que son Salut immédiat est assuré et qu'il va pouvoir se mettre à éduquer le Pareil. Car ce cerveau neuf dont il dispose est celui d'Einstein, et son centre de mémoire semble de capacité infinie !

Bon, alors justement, arrêtons-nous un instant sur cet instrument, le cerveau, que le Pareil perfectionne au début de la vie ; il faut dire que l'imagerie, les scanners de toute sorte et maintenant l'IRMf ont permis aux neurobiologistes d'en préciser les rouages. C'est tout simplement stupéfiant. D'abord tout se passe ou se conçoit comme si l'être vivant de départ a été programmé pour ne rien voir, ne rien entendre et simplement sucer de la nourriture par un bout et rejeter les déchets par l'autre. Et bien cet être va se perfectionner. Ainsi en est-il pour la vue ; d'abord un fait : le « Je » est aveugle. En s'appuyant ici sur les ouvrages de neurologie de Lionel Naccache et Denis le Bihan, l'image de Monsieur Martin, le voisin, au niveau de la rétine doit être emmenée par le nerf optique vers les corps grenouillés à la base du cerveau, soit au diable vauvert des yeux, puis les radiations optiques myélinisées, emmènent ces images en arrière du cerveau où elles vont être analysées puis envoyées à nouveau vers l'avant du cerveau où le Même ordonne au Pareil de bien vouloir reconnaitre qu'il s'agit de Monsieur Martin et de déclencher les circuits de la voix pour lui dire bonjour ! Pas étonnant que certains jours Monsieur Martin se plaigne : « vous ne m'avez pas reconnu hier soir ? ». Eh bien non le circuit a dû se bloquer quelque part, sorte de bug. Pour la voix il faut d'abord que les sons perçus par l'oreille et son équipement fragile, soient envoyés dans l'aire de Wernicke latéro-postérieure pour analyse, puis ensuite dans l'aire de Broca de l'hémisphère gauche, plus antérieure, par un réseau arqué, qui va stimuler, exciter, allumer les neurones du cortex moteur situé sur le sillon central, soit la scissure de Rolando. Ensuite, ce cortex va déclencher tous les mouvements musculaires de la voix. Et ainsi de suite pour toutes les fonctions avec des nuances et des spécialisations étonnantes. Ainsi l'amygdale sur la corne temporale du ventricule latéral est le centre de la mémoire, mais elle intervient aussi dans l'émotion, le comportement social parce que reliée au cortex frontal ventro-médian. Mais si l'émotion est trop forte peut-on la maitriser ? Oui, en activant le cortex préfrontal dorso latéral et le cortex singulaire antérieur qui donne le raisonnement abstrait et le contrôle cognitif. Il y a donc compétition entre des sous-systèmes. Et pour tout ça le Pareil est aux commandes ! On ne saurait trop recommander la lecture de ces admirables livres de Denis le Bihan, « Le Cerveau de Cristal » et de Lionel Naccache

« Parlez-vous cerveau », où l'on s'émerveille de page en page. On s'émerveille en effet sur cette capacité de création d'outils (vue, audition, parole, etc.) et de perfectionnement que le Pareil a à sa disposition et de cet éventail de potentialités extraordinaires. Tout nouveau-né a le cerveau d'Einstein, Virginia Woolf, Mozart ou Marie Curie, etc.

Oui, potentialités incroyables mais … limitées dans le temps ; quinze ou vingt ans pas plus. Après vingt ans plus question de retenir par cœur les partitions de Bach et Schubert sur le clavier du piano ; plus question de commencer à faire des maths de très haut rang et la mémoire va mal résister au vieillissement. Certes, mais à ce stade le Même aura rempli sa mission vis-à-vis de l'espèce, soit sa contribution à son maintien et son extension par la reproduction. L'affaiblissement des moyens du Pareil, sont-ils en rapport avec la détérioration du « Je », le Corps ? Oui, s'il s'agit d'un arrêt de la circulation cérébrale, sinon non. On sait que les Êtres paralysés sont souvent conscients et que de « grands corps malades » sont parfois des génies intellectuels en science ou dans les arts musicaux en particulier. On observe une disparition des neurones cérébraux les uns après les autres dans le cours de la vie adulte et également une altération de la myéline des fibres qui sont conductrices d'information. Ces espaces lésés sont remplacés par des travées fibreuses dites « sclérosantes ». De plus des lésions spécifiques de l'Alzheimer apparaissent progressivement, semble-t-il synaptiques. On pourrait penser que la dégénérescence est là bien définie et bien non, ce n'est pas certain ! Dans l'étude célèbre dite « *The Nun Study* », étude menée sur des religieuses américaines très âgées, Sister Mary, décédée fort tard, présentait un comportement social et intellectuel vif et remarquable, alors que son cerveau était rempli de lésions typiques de la maladie. Sacré Même !

La quintessence de l'Être se conçoit au seuil de l'état adulte : enfin le Même comprend que le salut commence maintenant sous un autre angle, soit le salut social. Cela va être dur et complexe. L'autre prégnant, difficile à cerner et pourtant immédiatement inclus dans la relation éthique. Et puis le Même va devoir assumer un état, soit de fille, soit de garçon, étant au départ identique dans les deux sexes. Il devra s'adapter tout d'abord au point de vue du « Je », le corps, qui a développé les appareils génitaux correspondants, puis ensuite dans le rude corset de l'éducation. Plus que jamais le Même est sous l'emprise de la théorie de l'Esprit qui lui permet de se représenter le monde extérieur et de l'analyser intensément souvent avec angoisse. Comme l'explique Boris Cyrulnik l'imagerie cérébrale moderne a précisé avec soin le mécanisme de cette noble fonction, centrale en fait, qu'est la théorie de l'esprit. C'est un modèle d'interaction, sinon « le » modèle, entre le cortex préfrontal médian et temporal inférieur et le système limbique : l'insula, l'aire cingulaire dont la partie antérieure est affective et la postérieure cognitive, les ganglions de la base et l'amygdale. Et toute cette activité du cortex pendant la journée, l'état de veille, en rapport avec les centres nerveux sous-jacents, est reprise la nuit, brassée, analysée, et classée dans des zones de mémoire. L'importance des rêves. C'est pour cela que l'enfant puis l'ado s'agitent en dormant sous l'effet de ce remue-ménage, ce qui est bien rendu par le poète Nougaro si sensible dans sa chanson *Tu verras* :

> *Tu verras notre enfant étoilé de sueur*
> *S'endormir gentiment à l'ombre de ses sœurs*
> *Et revenir vers nous scintillant de vigueur*

Que d'efforts à faire, de déceptions à assumer, d'imitations, dans ce domaine où le visage de l'Autre est plus présent et pesant que jamais, en permanence inclus dans la relation éthique ! Il finira par acquérir ce que Bourdieu appelle l'habitus, soit une capacité du Pareil de donner le change à un niveau donné de la société, en adoptant les us et coutumes ; plus que jamais ici le Pareil sait « se faire passer » pour quelqu'un de bien, de fort...

Le Même pourrait-il faire tout dire par le Pareil ? Celui-ci est-il « conscient de tout » ? Ou n'y a-t-il pas aux confins de la mémoire une sorte d'inconscient que l'on peut concevoir après un « washing up » de modernisation ? Où il y a du trop-plein, qui peine à déborder, des évènements mémorisés douloureux mais inoubliables, des images traumatisantes. Tout un tas de choses qui mériteraient d'être exprimées et explicitées.

Peut-être mais là, chers collègues et amis, on entre dans le domaine clinique, comportemental et psy, qui n'est plus mon sujet !

Je vous remercie pour votre attention.

❧

Je suis si ému par les applaudissements nourris que j'ai grand peine à percevoir puis reconnaitre la sonnerie de mon smartphone.

— Ici le Pareil, bravo mec ! C'était très bien !

Je vois mon cher maître luthier qui sourit béatement alors que de l'intérieur de son « Je » son Pareil me téléphone.

FIN

Sources bibliographiques

La partie fictionnelle de ce conte est largement empruntée au roman de science-fiction suivant :

- Asimov Isaac : Destination cerveau. Reproduit en 2005 dans « Pocket Science- Fiction ».

Les sources scientifiques utilisées dans ce Conte, reconnues nécessaires par l'auteur, sont issues des remarquables ouvrages suivants, cités par ordre alphabétique des noms d'auteurs:

- Agacinski Sylviane. Le tiers corps, réflexions sur le don d'organe. Seuil, 2018.

- Boraud Thomas. Matière à décision. CNRS, 2015.

- Cyrulnik Boris. Psychothérapie de Dieu. Odile Jacob, 2017.

- Le Bihan Denis. Le cerveau de cristal. Ce que nous révèle l'imagerie. Odile Jacob, 2012.

- Naccache Lionel et Karine. Parlez-vous cerveau. Odile Jacob, 2018.

- Naccache Lionel. Le chant du signe. Odile Jacob, 2017.

- La Bible TOB, Traduction œcuménique. Editions du Cerf, 2010.

Par respect pour les auteurs les extraits de ces ouvrages sont explicitement signalés dans le conte et souvent encadrés de guillemets.

Édition : BoD – Books on Demand,
12/14 rond-point des Champs-Élysées, 75008 Paris.
Impression : BoD - Books on Demand,
Norderstedt, Allemagne

ISBN 978-2-3222-3497-4

Dépôt légal : juin 2020